Christoph D. Brumme
Der Honigdachs

Christoph D. Brumme

Der Honigdachs

Roman

Dittrich Verlag

Die Arbeit des Autos an diesem Buch wurde durch
den Deutschen Literaturfonds gefördert

Bibliografische Information der Deutschen
Nationalbibliothek
Die Deutsche Nationalbibliothek verzeichnet diese
Publikation in der Deutschen Nationalbibliografie;
detaillierte bibliografische Daten sind im Internet
über >http://dnb.ddb.de< abrufbar.

ISBN 978-3-937717-50-0

© Dittrich Verlag GmbH, Berlin 2010
Lektorat: Marita Gleiss
Umschlaggestaltung: Guido Klütsch

www.dittrich-verlag.de

Für Henning Ziebritzki und
Alexandr Sergejevitsch Nagornov

Wir leben in der Zone. Leute, die sich gegen den Staat aussprechen, dürfen sich bei uns nicht erholen. Die Zone beginnt einige Kilometer östlich, im Landesinnern, wo man sich ohne besondere Papiere aufhalten darf. Sie endet an einem hohen Zaun, der oben mit Stacheldraht bespannt ist. Wir sollen aufpassen, dass sich keine Fremden einschleichen. Im Wald ist auf Schlafplätze zu achten. Fabriken gibt es bei uns nicht, die Eisenbahn fährt nur alle zwei Stunden. Wir fällen Bäume, um unsere Öfen zu heizen, wir trinken das Wasser, das aus den Bergen kommt. Bei uns läutet höchstens die Kirchenglocke oder ein Hund bellt. Die Kinder lernen das Skifahren auf dem Idiotenhügel. Unsere Kirche ist klein, aber für die wenigen Besucher ist sie groß genug. Auf dem Fußballplatz stehen zwei Tore mit Netzen. Es gibt eine Bowlingbahn, man hört es im ganzen Dorf, wenn die Kugeln rollen. Alle zwei Wochen wird ein Skatturnier veranstaltet, für Gäste und Einwohner. Häufiger als anderswo regnet es bei uns, die Berge ringsum ziehen die Wolken an. Im Sommer ist es angenehm kühl.

Das erste Gespräch zwischen meiner Mutter und meinem Vater, dessen Zeuge ich war, verlief folgendermaßen.

Er: »Hat es lange gedauert?«

Sie: »Die ganze Nacht.«

Er: »Hier sind Blumen.«

Sie: »Danke.«

Er: »Bringt man dich nach Hause?«

Sie: »In zwei oder drei Tagen.«

Er: »Tante Margareta hat angerufen, sie gratuliert.«

Sie: »Danke.«

Nur mich hörte niemand. Hallo, da bin ich, ihr werdet euch noch wundern über mich!

Ich schrie etwas lauter. Eine Schwester kam und nahm mich auf den Arm.

Sie vergossen keine Tränen vor oder nach längeren Trennungen. Er klatschte ihr manchmal auf den Hintern, vorzugsweise wenn sie Geschirr wusch.

Einmal hatten auch sie sich wie Romeo und Julia gefühlt. Er bat sie, ihm einen Knopf anzunähen.

Jacke und Knopf in der Hand, Latschen an den Füßen, so stand er vor ihr. Sie wohnten nebeneinander, in zwei Dienstwohnungen.

»Kannst du mal annähen?«

Sie nähte, er guckte ihr zu, legte dann seine Hand auf ihren Arm.

»Wir können uns auch anders vergnügen, oder?«

Sie nickte, er zog sie aus.

Am nächsten Tag sagte Romeo wieder Sie zu Julia.

Aber sie hatten ein Kind gezeugt, und als der Arzt ihr diesen Missstand offenbarte, lief Julia in den Wald. Vielleicht hoffte sie, dort fressen sie die Wölfe.

Er lief ihr hinterher.

Und er sagte: »Ich heirate dich, was sollen sonst die Leute denken.«

»Ich habe dir nicht gesagt, dass du mich schwanger machen sollst.«

»Ich weiß, was ich gemacht habe.«

»Ein bisschen sind wir uns also einig?«

»Setz dich, ich erzähle dir etwas. Ich wollte schon lange nach Kanada auswandern.«

»Und jetzt hast du mich getroffen.«

»Ich entscheide mich ganz bewusst für dich.«

»Du sollst mir nicht ein Leben lang vorhalten, ich hätte dich in deiner Freiheit behindert.«

»Natürlich nicht.«

»Wann werden wir heiraten? Ich muss es meinen Eltern sagen.«

»Zuerst werden wir uns ordentlich verloben.«

So entstand die Familie, in die ich hineingeraten war. Sie besaßen ein Haus, ein Auto, einen Hund. Er guckte gern Fußball, sie strickte gerne. Im Sommer fuhren sie am liebsten an die See. Einmal wurde sie, einmal wurde er ins Gemeindeparlament gewählt. Man sorgte sich um den Zustand der Fußwege. Eine der drei Dorfstraßen sollte umbenannt werden.

Ich wollte etwas sagen, aber bevor ich die Worte herausbrachte, hatte ich sie vergessen. Dann sagte ich etwas anderes, was mir gerade einfiel. Ich war erstaunt über das, was ich manchmal redete.

»Wir müssen eine Mathematikaufgabe lösen, und du redest vom Zweiten Weltkrieg!« brüllte mir einer ins Ohr.

»Aber es ist doch viel spannender, vom Zweiten Weltkrieg zu reden, als über eine Mathematikaufgabe nachzudenken, deren Lösung ich sowieso nicht verstehe!« brüllte ich zurück.

Kurze Sätze waren mir lieber als lange Sätze. Wenn alle Leute lange Sätze sagen, kommt man nie zu einem Ende.

Die Frau und der Mann, die zuerst da waren, sagten meist kurze Sätze. Der Mann sagte oft nur: »Spring!«

Dann sprang ich, genauer gesagt, ich musste so schnell wie möglich zu ihm laufen, so hatte er es mit mir vereinbart.

»Du hörst mir nicht zu!« meinte er, und ich antwortete: »Ich versuche, dir zuzuhören.«

Er wiederholte meine Worte, und das dauerte viel länger, als wenn ich sie gesagt hätte.

»Was ist falsch an diesem Satz?« fragte er. »Was ist an diesem Satz falsch? Natürlich ist der ganze Satz falsch, aber auf Grund welcher Einzelheit ist er falsch?«

»Das weiß ich nicht«, sagte ich.

»Wenn du es nicht weißt, wer soll es dann wissen? Das Wort *versuche* ist falsch. Du sollst nicht versuchen, mir zuzuhören, du sollst einfach zuhören, die Ohren aufsperren, verstehst du?«

Ich nickte.

Der Mann wusste vieles ganz genau. Sogar wenn ich mir schwierige Fragen ausdachte, fand er eine Antwort. Ich fragte ihn, weshalb nicht alle Menschen in den warmen Ländern lebten. Das Leben in den warmen Ländern ist doch viel bequemer. Die Leute in den warmen Ländern verbringen bestimmt mehr Lebenszeit im Liegen als die Leute in den kalten Ländern.

»Da ist nicht genug Platz für alle«, sagte der Mann.

»Das Essen wächst auch in den warmen Ländern nicht auf den Bäumen«, sagte die Frau.

Wahrscheinlich war sie noch nie in einem warmen Land gewesen.

Die beiden saßen oft beieinander. Meistens las der Mann in der Zeitung, und die Frau guckte aus dem Fenster oder woandershin. Dann sagte der Mann etwas, und die Frau hatte danach ein trauriges Gesicht. Das habe ich oft beobachtet. Auch der Mann bemerkte es offenbar. Jedenfalls sagte er zu der Frau: »Zieh nicht solch ein Friedhofsgesicht.«

Er hat Recht, dachte ich, die Frau hat ein Friedhofsgesicht. Das musste der Mann gar nicht weiter erklären. Sogar die Frau selbst wusste es, nehme ich an. Die beiden kamen ohne viele Worte aus. Jemand sagte mir, nur in der Liebe sei das so. Wenn man erst viel reden muss, ist es keine Liebe.

Sonnabends guckte der Mann Fußball. Wenn ein Tor fiel, schrie er so laut, dass die Wände wackelten. Wenn die falsche Mannschaft ein Tor schoss, schrie er oft noch lauter.

Ein richtiger Brüllesel war das. Vor dem war man nie sicher, die Welt bestand für ihn nur aus falschen Hunden. Ich nannte ihn Wurzelzwerg.

Die einzige Person, auf die er nichts kommen ließ, war seine Mutter. Sie konnte bezeugen, dass er früher ein guter Junge war. Der Schwiegermutter hingegen habe er das Haus weggenommen. Er habe den Tod des Schwiegervaters abgewartet, denn der hätte sich das nicht gefallen lassen. Ein halbes Jahr später legte er der Alten ein Papier vor. »Hier unterschreib mal, ist wegen der Steuer, wir verwalten das Haus jetzt, du bist doch einverstanden?«

Sie war froh, dass sie die Arbeit loswurde, und außerdem, für die Tochter, es war doch so gedacht, dass sie das mal bekommt.

Haste nicht, denkste nicht, war das Haus sein. Und die Alte bekam eine Wohnung im Dachgeschoss.

Mit mir geht er oft in den Keller. »Es muss ja niemand sehen, wie streng wir dich erziehen müssen.« Seine Frau hört zur gleichen Zeit Operetten. Oben dudelt das Schrummtata, unten wird ein schnellerer Takt gespielt.

»Du wirst dir merken, was ich sage«, meinte er. »Das wirst du wiederholen, bis du es im Schlaf herbeten kannst.«

Der Arme. Er kann nicht weinen. Ich glaube, er würde gern.

Ich beschloss, Schriftsteller zu werden. Eigentlich sollte ich abwaschen. Meistens gibt es großes Theater um den Abwasch. Wer wäscht ab? – das ist die Frage, die geklärt werden muss. Sechs Kandidaten sind vorhanden, eine weibliche Hauptperson, eine weibliche Nebenperson, außerdem vier männliche Nebenpersonen. Die beiden älteren männlichen Nebenpersonen nenne ich Links und Rechts, wegen der Anfangsbuchstaben ihrer Namen. Die beiden jüngeren Nebenpersonen heißen die Kleine und der Kleine. Die weibliche Hauptfigur beachte ich so selten wie möglich.

Wer wäscht ab? Ich wasche ab.

Was soll ich sonst tun? Widersprechen hilft nicht. Wir finden noch andere Arbeit für dich, wenn dir der Abwasch zuwenig ist. Diese Logik kenne ich schon in- und auswendig.

Vor niederen Arbeiten darf ich keine Scheu haben, es würde auffallen. So schrubbe ich den Boden und träume von einem russischen Birkenwäldchen.

Russland ist das Land, aus dem die Helden kommen, Polarforscher, Schachweltmeister und Eisengießer, die freiwillig achtzehn Stunden am Tag arbeiten.

Russen bewachen uns. Sie reden nicht mit uns, obwohl wir ihre Sprache lernen.

»Warum wäschst du nicht ab? Willst du Wurzeln schlagen?«

Die erste Geschichte, die ich mir ausdachte, spielt in Nevada, Arizona, die Gegend. Ein Mann taucht hinter einem Hügel auf. Ein zweiter Mann beobachtet den ersten Mann. Der erste Mann merkt nicht, dass er beobachtet wird, er reitet an dem zweiten Mann vorbei, der sich hinter einem Strauch versteckt. Und der zweite Mann tut nichts, um den ersten Mann aufzuhalten.

Mehr passiert nicht. Ich wollte dem Leser gleich mit meiner ersten Geschichte klarmachen: Wann geschossen wird, bestimme ich!

Um ehrlich zu sein, ich wusste gar nicht, was die Männer sonst hätten tun sollen. Der zweite Mann hätte hinter seinem Strauch hervortreten und den ersten Mann ansprechen können, vielleicht wäre es dann zu einer Schießerei gekommen, vielleicht wären beide oder nur einer tödlich getroffen worden, aber welche Moral hätte dann diese Geschichte gehabt?

Die erste Geschichte, die ich aufschrieb, hieß *Monolog eines Totengräbers.* Ich habe unserem Totengräber bei einer Beerdigung geholfen. Gegen Bezahlung natürlich. Gestorben war der Förster. Der Förster war der erste Tote, den ich sah. Ich bat den Totengräber, mir die Leiche zu zeigen.

Der Totengräber sagte, dass er sich jede Leiche angucke. Es sei Teil der Friedhofsarbeit, sich über den Zustand einer Leiche zu informieren, sagte er.

Ich guckte nicht lange auf die Leiche. Aber ich ging nah genug heran.

Dem Förster war ich vielleicht zwei- oder dreimal auf der Straße begegnet. Persönlich gekannt habe ich ihn nicht, er mich wahrscheinlich auch nicht.

Der Mann in unserer Familie meinte, es habe früher mit dem Förster einen Vorfall gegeben. Der Förster hatte sich darüber aufgeregt, dass Links oder

Rechts, einer von beiden, einen schweren Sack Kartoffeln tragen mussten.

Der Förster hätte mal sehen sollen, was wir sonst alles tragen – Zementsäcke, fünfzig Kilo auf dem Rücken. Der Mann in unserer Familie sagte, vor allem habe sich dieser Förster nicht in die Erziehung fremder Kinder einzumischen. Seit jenem Vorfall nannte er den Förster Kartoffel-Förster.

Fast jeder aus dem Dorf hat bei uns in der Familie einen Namen. Isegrimm, Hulker, der alte Penz, Eule, Dschingis Khan, der Matrose, der Flüsterer, die Geige (Na, die spielt doch nur Geige, die kriegt keinen mehr ab), der Küster, der Sheriff. Der Sheriff schielt neuerdings, er musste sich einer Augenoperation unterziehen. Ob der noch trifft beim Schießen?

Der Matrose war schon in Rio, Schanghai und sonst wo gewesen, aber dann verlängerte er einige Male seinen Landgang, und er nahm Pornohefte mit aufs Schiff, seitdem durfte er nicht mehr anheuern.

»Du willst also dem Kartoffel-Förster das Grab schaufeln?«

Ich wollte Geld verdienen, weil ich ein Lexikon brauchte. Ein vierzehnbändiges, einhundert Jahre altes Lexikon stand in der Kreisbuchhandlung im Schaufenster. Zwei Bände fehlten, deshalb war es nicht so teuer. Ich hatte das Lexikon auf seine Vollständigkeit hin überprüft. Der Name unseres Dorfes stand drin. Und die wichtigsten Angaben über Australien, denn mein erster Roman sollte in Australien spielen, später auf einer Insel im Pazifischen Ozean und schließlich in London.

»Bei uns gibt es wohl nicht genug zu tun für dich? Wenn du Geld verdienen willst, darfst du natürlich arbeiten gehen, aber in deiner Freizeit. Zuerst wird die Arbeit zu Hause erledigt.«

Der Totengräber in meiner Geschichte war ein alter Mann. Er hatte früher Kinder gehabt, daran konnte er sich noch erinnern. Niemand kochte mehr für ihn, und wenn er Suppe aß, kleckerte das meiste davon auf den Pullover. Der Mann lebte am Rande des Dorfes in einem Holzhaus. Weihnachten schlachtete er ein Kaninchen.

Der Mann vermutete, dass er Enkel hatte, aber er hatte sie nie gesehen.

Über meine Kinder werde ich nicht reden, sagte er. Er redete natürlich doch über sie. Für ihn gehörten sie nicht zu den Guten.

Eines Tages rutschte der Mann beim Schneeschippen aus, er brach sich ein Bein, nun musste er mehrere Wochen lang im Bett liegen, jedenfalls die meiste Zeit. Ich hatte Mitleid mit ihm. Ich saß in der Schule, und im Unterricht dachte ich: Ich sollte den Mann bald wieder gesund werden lassen.

Niemand weiß, dass ich Schriftsteller bin. Und niemand soll es je erfahren. Denn gleich, nachdem ich Schriftsteller geworden war, dachte ich mir ein Pseudonym aus. Ich nannte mich Sam White. *Sam White erzählt*, so lautet der Titel meines ersten Romans. Er handelt nur von alten Menschen. Alte Menschen haben mehr erlebt als ich, deshalb will ich sie reden lassen. Der Gedanke war mir im Winter gekommen. Es schneite, ich stand nachts am Fenster und guckte auf die Straße, auf den Garten mit seinen kahlen Sträuchern.

Viele alte Leute können nicht schlafen, dachte ich. Niemand spricht ihnen Mut zu, wenn sie keine Lust mehr haben zu leben. Alte Leute begehen oft Selbstmord. Ich weiß nicht, ob das bei uns im Dorf schon passiert ist, aber vorstellen kann ich es mir.

Manchmal muss ich im Dorf die Beiträge für die Rote-Kreuz-Gesellschaft kassieren, vor allem bei alten Frauen. Zwei wohnen in einem düsteren Haus. Sie sind Zwillingsschwestern, siebzig Jahre alt ungefähr.

Gertrud, die zehn Minuten Ältere, nennt mich *der schöne Junge*, sie will immer meine Locken streicheln.

»Du solltest wohl ein Mädchen werden, was? Aus dir wäre ein hübsches Mädchen geworden, mein Junge.«

Bei Gertrud standen alte Sessel, lagen dicke Teppiche, die Vorhänge meist zugezogen. Ich sollte mich setzen und ihr zuhören.

Dann erzählte sie von ihrem Mann. Sie weinte

manchmal und streichelte sogar den Platz neben sich, auf dem er gesessen hatte.

»Hat sie dir wieder von ihrem Mann erzählt?«

Mit dieser Frage empfing mich ihre Schwester.

In Hildegards Wohnung standen die Fenster offen, in der Küche türmte sich der Abwasch, der Fußboden war schmutzig. Hildegard war früher die Krankenschwester des Dorfes gewesen.

Gertrud wollte immer wissen, worüber ich mit Hildegard geredet hatte.

»Über Krankheiten«, sagte ich meist.

»Mit einem jungen Mann wie dir sollte man nicht über Krankheiten sprechen. Aber ein anderes Thema kennt meine Schwester nicht. Über welche Krankheiten habt ihr denn geredet? Hat sie dir von ihren Beinen erzählt?«

Beide Schwestern hatten schon während des Krieges im Dorf gelebt. Hildegard hatte sogar einen Mann gepflegt, der später ein bekannter Schriftsteller wurde. Seine Geschichten spielen im Gefängnis, und es kommen Ratten drin vor. Nur eine Blume hatte ihm Hoffnung gegeben, als er in seiner Zelle saß.

Hildegard wusste auch, dass in unserem Dorf einmal ein Spion verhaftet worden war. Dieser Spion war ein Kurier des französischen Königs gewesen, er sollte Geheimverhandlungen mit dem preußischen König aufnehmen, doch eine Bürgerwehr hatte ihn entlarvt, er war an den König von Hannover ausgeliefert worden, der ihn an den König von England auslieferte, weil das Königreich Hannover lange Zeit zu England gehört hatte. Und der Spion musste siebzehn Jahre lang im Tower sitzen.

Gertrud meinte, Hildegard setze mir Flausen in den Kopf.

»Siehst du, mein Junge, es gibt ein Sprichwort: Schuster, bleib bei deinen Leisten.«

»Ja, und?«

»Denk darüber nach. Und beim nächsten Mal kommst du gleich zu mir.«

Im Dorf rede ich viel mit alten Leuten, nur mit einer Frau darf ich nicht sprechen, das ist meine Großmutter. Nicht einmal Guten Tag sagen darf ich ihr. Die Alte ist tabu. Die Alte legt manchmal ein Geldstück auf die Treppe, ein oder zwei Mark. Vielleicht erwartet sie, dass wir ihr die Kohlen hoch tragen, aber das dürfen wir nicht. Die Wohnung der Alten liegt gleich neben meinem Zimmer, und ich höre, wann sie den Nachttopf benutzt. Aus ihrem Radio ertönt oft Operettenmusik, genau wie aus dem Radio ihrer Tochter. Wenn die Alte die Treppe runtergeht, schleiche ich hinter ihr her, um zu sehen, ob sie wieder ein Geldstück hinlegt.

Kindergeburtstag: Morgens liegt ein Kaugummi auf der Schultasche. Geschenke gibt es am Nachmittag.

»Was wünschst du dir eigentlich? Wir werden schon etwas Nützliches für dich finden.«

Kerzen werden angezündet, es darf gepustet werden. Wir spielen Mensch-ärgere-dich-nicht, jeder isst ein Stück Torte, und das Geburtstagskind, wenn es möchte, zwei.

»Nachher bekommst du Durchfall, aber du willst ja nicht hören. Meinetwegen iss drei Stücke.«

Dann wird aufgeräumt, abgewaschen und der Abendbrottisch gedeckt. Das Geburtstagskind darf sitzen bleiben. Zur Feier des Tages gibt es Geflügelsalat mit Mandarinen.

Alle essen schweigend, denn der Vater betritt die Küche, jetzt erst kommt er von der Arbeit. Er legt die Tasche ab, zieht die Schuhe aus, jemand bringt ihm die Hausschuhe.

»Na, gab es Vorfälle?« fragt er.

Alle murmeln: »Keine. Nichts passiert. Wieso denn? Was denn für Vorfälle?«

»Alle waren heute lieb und artig«, sagt die Mutter.

»Nanu«, fragt der Vater, »wie kommt denn das? Ach, heute hat ja jemand Geburtstag, das hätte ich fast vergessen. Wer hat denn heute Geburtstag? Wer hat heute Geschenke bekommen?«

Na, er findet den Richtigen. Oder die Richtige.

»Möchtest du, dass ich dir zum Geburtstag gratuliere?«

»Geschenke hab ich schon bekommen!«

»So? Und ich soll dir nicht gratulieren?«

»Doch! Gern!«

»Alles Gute, Gesundheit, sei artig. Bist du mit den Geschenken zufrieden?«

»Ja.«

»Dann wollen wir mal essen. Was liegt noch an, außer Geburtstag?«

»Nur Geburtstag! Schade, dass man nicht zweimal im Jahr Geburtstag hat! Oder jeden Tag!«

»Das wäre nichts Besonderes mehr, du würdest dich nicht mehr freuen.«

»Nicht mehr freuen, wieso denn, wenn es jeden Tag Geschenke gibt?«

»Und wer soll die Geschenke kaufen?«

»Man muss nicht alle Geschenke kaufen, man kann auch welche basteln!«

»Basteln, du glaubst, ich bastele jeden Tag für dich? Wie alt bist du eigentlich geworden?«

»Das weißt du doch, du warst doch dabei.«

»Wo war ich dabei? Als sie dich aus dem Bauch geholt haben? Na, du könntest Recht haben. Das war eine Arbeit, sage ich dir, die Ärzte wollten schon aufgeben. Deine Mutter hat davon nicht soviel mitbekommen, sie musste sich auf die Wehen konzentrieren. Das stimmt doch, oder? Bei wem hat es eigentlich am längsten gedauert, na, was glaubt ihr? Wer hat seiner Mutter die größten Schmerzen bereitet?«

»Aber es kann doch niemand etwas dafür, wenn es länger dauert!«

»Das sage ich auch nicht, dass jemand etwas dafür kann. Obwohl, wenn ich heute so darüber nachdenke, na, ich möchte keine Einzelheiten erzählen.«

»Nun sag schon, bei wem gab es die meisten Probleme?«

»Bei dir jedenfalls nicht, du warst von Anfang an pflegeleicht, von einem Mädchen haben wir auch nichts anderes erwartet. Wir wissen allerdings nicht, was noch kommt.«

»Ich wollte also gern auf die Welt kommen?«

»Lieber jedenfalls als deine Brüder.«

»Typisch Jungs, da habt ihr es mal wieder.«

»Heute habe ich Geburtstag! Sagt mir mal, wie meine Geburt verlief.«

»Deine Geburt verlief störungsfrei. Oder? Kann man doch so sagen? Deine Mutter war die Hauptperson, die musst du fragen. Guck mal, ihr gefällt meine Meinung gar nicht.«

»Du brauchtest nur auf dem Flur zu warten.«

»Ja und? Denkst du, das ist angenehm, nur die Geräusche zu hören? Denkst du, da will man nicht helfen? Eure Mutter war wirklich tapfer. Ihr solltet an jedem Geburtstag eurer Mutter gratulieren. Und ihr danken natürlich.«

»Wir danken ihr immer am Frauentag.«

»Einer Mutter kann man nie genug danken, vergesst das nicht.«

»Wir vergessen das nicht! Wir werden immer daran denken!«

»Von immer wollen wir nicht reden. Setzt euch realistische Ziele. Wie wäre es denn mit einer Weihnachtsverpflichtung? Es hat schon lange niemand mehr eine Verpflichtung abgegeben.«

»Ich verpflichte mich, bis Weihnachten keinen Geburtstag mehr zu haben.«

»Ha ha ha, bist du aber schlau. Und wofür willst du dich im Ernst verpflichten?«

»Dafür, dass ich jeden Morgen die Küche fege.«

»Bis Weihnachten? Das schaffst du nie.«

»Vielleicht, wenn mir jemand hilft.«

»Das klingt schon besser. Realistische Ziele, sagte ich.«

Einmal wäre der Mann fast gestorben. Er saß in der Küche auf einem Stuhl, hinlegen wollte er sich nicht. Ich sollte ihm einen kühlen Waschlappen auf die Stirn legen, während die Frau beim Nachbarn telefonierte. Meine Stimme zitterte, als ich ihn etwas fragte. Der Krankenwagen kam spät.

Ich höre leiseste Geräusche über weite Entfernungen. Links und Rechts hören viel schlechter als ich, wir haben es ausprobiert. Ich höre beim Fernsehgucken, ob drei Zimmer weiter der Wasserhahn tropft. Ich höre das Knarren der Fußbodenbretter immer als erster. Links und Rechts streiten sich noch, nennen sich blöde Sau, und ich sitze schon still in der Ecke. Denn gleich geht die Tür auf, und was dann passiert, weiß ich.

Die Kleine ist die einzige, mit der ich reden kann. Wir schlafen in einem Zimmer. Ich kann sie so zum Lachen bringen, dass sie ins Bett pinkelt. Ich brauche nur komische Geschichten zu erzählen. Die Seegans fraß zuviel Seegras. Von einer Gans, die oft pupsen musste und mit der deshalb niemand spielen wollte. Nicht einmal zur Seegans-Hochzeit im Nachbarnest wurde sie eingeladen, obwohl es ihr liebstes Seegras-Menü gab. Oder die Geschichte von Quik, der Kaulquappe, und Quok, dem Quakfrosch. Oder die Geschichte vom Löwen, der keinen Zahnarzt fand und heulend durch die Savanne schlich.

Das Wörtchen *doch* sage ich zu oft. Das ist doch nicht richtig. Wo kommen die Flecken auf dem Glas her? Das weiß ich doch nicht. Ich will das doch gar nicht wissen. Das war ich doch nicht. Doch nicht heute. Doch nicht morgen. Doch nicht gestern.

Wenn ich kein Schriftsteller werde, bringe ich

mich um. Ich kann nicht mit anderen Leuten zusammen arbeiten, ich bin viel zu frech. Ohne die Kopfschmerzen wäre alles nicht so schlimm. Bestimmt habe ich eine Wunde im Gehirn. Außerdem ist jede Arbeit langweilig. Der Mann sagt zwar manchmal, wir könnten uns freuen, was wir alles schon geschafft haben am Haus, aber ich freue mich darüber nicht. Wir haben eine Garage gebaut, einen Kohlenkeller. Wir haben das Fundament abgedichtet, in den Winterferien, bei zehn Grad minus.

Ich habe schon mein Testament geschrieben. Bestimmte Kinder sollten nicht älter als vierzehn Jahre werden. Ich schrieb, ich würde mich bei niemandem entschuldigen für irgendwelche Beleidigungen. Auch bei mir müsste sich niemand im Nachhinein entschuldigen. Von mir aus könnten sich alle in Frieden von mir verabschieden, ich würde das Gleiche tun.

Einmal stieg ich mit einem Strick auf den Dachboden. Ich lehnte die Leiter gegen den Dachbalken und legte mir den Strick um den Hals. Ich heulte. Der Regen klatschte auf die Dachziegel. Ich kletterte die Leiter hoch und setzte mich auf die höchste Sprosse. Den Strick legte ich um den Dachbalken und zog ihn fest. Der Strick kratzte auf der Haut. Ich wollte springen, setzte mich aber. Die Frau öffnete die Tür.

Sie stand da, guckte mich an und wartete.

»Komm runter«, sagte sie. »Ich warte.«

»Ich weiß nicht, worauf du wartest«, sagte ich heulend.

»Du sollst von der Leiter herunterkommen.«

Ich tat es.

»Geh zu deinem Vater und erzähl ihm, was du getan hast. Vielleicht hat er einen Rat für dich.«

»So«, sagte er, »du hattest Angst? Und warum hattest du Angst? Denkst du, mir macht es Spaß, dir eine Tracht Prügel zu verabreichen? Nach einer Tracht Prügel geht es immer eine Weile gut mit dir. Ist dir das auch schon aufgefallen? Oder sage ich dir etwas Neues? Du darfst ruhig antworten. Man denkt, er hat es kapiert, aber nein. Und dann schreist du auch noch im Garten herum, damit alle Leute hören, was du für ein Quakhannes bist. Manchmal kannst du so hilfsbereit und freundlich sein. Man denkt, man hat einen anderen Menschen vor sich. Und dann wieder? Du glaubst, du kannst uns Angst einjagen, wenn du dir einen Strick um den Hals legst. Am Ende siegt doch die Vernunft. Also, reiß dich in Zukunft am Riemen, dann hast du mehr Freizeit. Willst du mal wieder ein Buch lesen? Willst du Zeit zum Nachdenken haben? Vielleicht brauchst du gar keine Prügel mehr? Wollen wir es ohne probieren?«

»Du bist allmählich selbst für dich verantwortlich«, sagt der Mann. Aber das sagt er erst, seitdem ich ihn mit dem Beil bedroht habe.

Ich schlage zu, komm nicht näher, sagte ich zu ihm.

Er blieb stehen, guckte mich an, drehte sich sehr langsam um, ging dann ins Haus.

Wenn der Mann einmal Angst gehabt hat, wird er auch wieder Angst haben, dachte ich.

Ohne Beil setzte ich mich in die Küche.

Der Mann stellte sich vor mich hin und sagte: »Was ist? Vergessen wir das von vorhin?«

»Meinetwegen«, sagte ich.

Er boxte mich in die Seite, aus Freundschaft.

»Das machst du nicht noch einmal«, sagte ich.

Er hob die Hände und ging wieder.

Vor kurzem hörte ich, wie er mit der Frau über mich redete.

»Das wird schon wieder. Du kennst ihn doch.«

Nichts wird wieder.

Die einzigen friedlichen Tage im Jahr sind bei uns die Weihnachtstage. Im ganzen Haus wird das Licht gelöscht. Nur am Weihnachtsbaum brennen die Kerzen. Wir dürfen die Stube betreten. Alle singen. Rechts spielt Akkordeon, die Kleine ein bisschen Gitarre. Ich sage ein langes Gedicht auf, weil ich nicht singen kann. Die Frau und der Mann singen auch. Wir gucken die ganze Zeit auf die Geschenke. Dann geht der Mann zum Weihnachtsbaum. Er gibt jedem ein Geschenk und sagt, das hätte der Weihnachtsmann gebracht. Ganz zuletzt gucken sich alle ihre bunten Teller an. Apfelsinen, Bananen, weiße Schokolade, Marzipanbrot, Nüsse, Datteln, Schokoladenplätzchen, Pfefferkuchen. Wir beginnen gleich zu tauschen. Ein Marzipanbrot gegen zwei Tafeln dunkle Schokolade oder eine Tafel weiße Schokolade gegen zwei Tafeln dunkle Schokolade. Ich esse Marzipanbrot sowieso nicht gerne und tausche es immer gegen weiße Schokolade. Zwei Tage lang braucht niemand zu arbeiten, nur der Abwasch muss gemacht werden. Jemand trocknet das Geschirr ab, einer wischt den Boden, alles geht ganz schnell. Alle gucken zusammen einen Abenteuerfilm. Vormittags dürfen wir Ski fahren, nachmittags auch.

Einmal habe ich den Mann gefragt, weshalb wir Weihnachten nicht arbeiten müssen.

»Im Winter müsst ihr sowieso nicht so viel arbeiten wie im Sommer«, sagte er. Außerdem weiß man Weihnachten mehr zu schätzen, wenn man nicht arbeiten muss.

Wir spielen Schach oder lesen. Der Mann liest zu Weihnachten meistens einen Fußballbuch. Die Fenster sind manchmal zugeschneit.

Einmal sind mir fast die Ohren abgefroren. Jedenfalls bildete ich mir ein, dass es hätte passieren können, als ich in der Silvesternacht nach Hause lief, im Tal, den Fluss entlang, bei minus achtundzwanzig Grad, und nichts, einfach nichts zu sehen war, weder der Fluss noch der Schnee, so schwarz war die Nacht.

Ich zog mir die Mütze über das Gesicht, alles Feuchte gefror, der Nasenschleim, die Tränen, mein Atem. Erst fühlen sich die Ohren taub an, dann vergisst man, wofür die Ohren da sind, man möchte sich bloß noch in den Schnee setzen und schlafen. Nur das Wasser im Fluss gefror nicht, dafür floss es zu schnell. Ich streckte die Arme aus, um nicht gegen einen Baum zu laufen.

Oft brauche ich mehrere Monate für den Weg zur Bushaltestelle. Ich muss um Kap Horn segeln, mit Brot und Zwieback in der Schultasche. Die Mannschaft meutert, weil wir im Eis eingefroren sind, statt in warmen Gewässern zu segeln. Ich als Kapitän trage die Verantwortung dafür, ich hatte betrunken in der Kajüte gelegen, statt mich um die Navigation zu kümmern. Mein armes altes Mütterchen hatte mich gewarnt, ich sollte nicht auf einem Segelschiff anheuern. »Dort triffst du nur schlechte Menschen, mein Kind«.

Im Gesicht platzen mir die Äderchen, meine Augen sind rot, ich saufe zu viel. An der Bushaltestelle lauern die Eingeborenen, mit Fellen bekleidet.

Der Bus hält an der Schule. Die Morgenstunde bei Herrn Paul ist beliebt.

Wir machen dem Lehrer Mut.

»Kommen Sie rein, niemand tut ihnen etwas!«

Er liest eine Geschichte vor, das nennt sich Deutschunterricht. Wir sollen die Geschichte interpretieren. Inhaltsangabe: Es ist Krieg. In einem Dorf nahe der Front steht ein einzelnes Haus, ein Mädchen und ein Junge leben dort, dreizehn, vierzehn Jahre alt, ohne Eltern, die Eltern sind tot. Erster oder Zweiter Weltkrieg, das weiß man nicht. Eines Abends, während das Mädchen Klavier spielt, fliegt eine Granate durchs Fenster, direkt aufs Klavier. Das Mädchen ist natürlich erschrocken, der Junge auch, verletzt werden sie nicht, aber das Klavier ist kaputt.

Herr Paul fragt: »Was benötigen die Kinder am dringendsten? Was wünschen sie sich?«

Ich melde mich und sage: »Sie brauchen ein neues Klavier. Sie wollen wieder Freude an der Musik haben.«

»Falsch«, sagt Herr Paul. »Deine Antwort ist falsch. Warum ist deine Antwort falsch? Überlegt alle mit. Welcher Fehler steckt in dieser Antwort, was meint ihr? Die Kinder wollen Klavier spielen, natürlich! Aber was brauchen sie noch?«

»Ein neues Fenster«, sage ich, »damit sie nicht frieren«.

»Und was ist mit dem Frieden?« fragt Herr Paul. »Brauchen sie den Frieden nicht? Sie sehnen sich am stärksten nach dem Frieden. Welche Freude könnten die Kinder an der Musik haben, wenn Frieden herrschen würde!«

Ich melde mich wieder.

»Entschuldigung, Herr Paul. Ihre Antwort verstehe ich nicht. Den Frieden können die Kinder nicht herbeizaubern. Die Kinder können auch keine Flaschen und Gläser sammeln und damit den Frieden sichern, wie wir das heute tun. Vielleicht haben sie Sehnsucht nach ihren Eltern?«

Antwort von Herrn Paul: »Die Kinder müssen den Krieg nicht persönlich beenden, das können sie natürlich nicht, klar. Aber für alle Kinder auf der Welt ist der Frieden das Wichtigste.«

Ich melde mich wieder.

»Entschuldigung, Herr Paul, die beiden Kinder werden doch nicht die einzigen Menschen dort sein. Vielleicht zieht auf der Straße gerade ein Flüchtlingstreck vorbei? Manche Leute nahmen auf die Flucht im Zweiten Weltkrieg wertvolle Sachen mit, das weiß ich von meiner Oma. Wer einen Pferdewagen hatte, konnte auch ein Klavier mitnehmen, denke ich. Die beiden Kinder hatten vielleicht Brot oder Kartoffeln zum Tauschen. Außerdem wird die Jahreszeit, in der diese Geschichte spielt, nicht genannt. Die Jahreszeit könnte aber wichtig sein für die Wünsche der beiden Kinder. Im Winter fehlen ihnen vielleicht Holz und Kohlen.«

»Was meint ihr?« fragt Herr Paul. »Warum wird in der Geschichte die Jahreszeit nicht genannt? Ist die Jahreszeit wirklich wichtig? Wie realistisch ist es, dass die Kinder mitten im Krieg ein neues Klavier bekommen können?«

Wieder melde ich mich.

»Aber Herr Paul, wie realistisch ist es denn, dass zwei Kinder allein in einem Haus an der Front wohnen? Hat es diesen Fall denn wirklich gegeben?«

»Ihr müsst das so sehen: Der Frieden ist immer wichtig, zu jeder Jahreszeit. Nichts brauchen wir dringender als den Frieden.«

Ich melde mich wieder.

»Sei jetzt ruhig, wir wissen, dass du gern redest«, sagt Herr Paul.

Das hätte er nicht sagen sollen. Schon gar nicht in diesem Ton. Darauf haben die anderen nur gewartet. Jetzt wiederholen sie meine Argumente, aber etwas lauter als ich.

»Jawohl, Herr Paul, er hat recht! Die Geschichte ist Quatsch, von vorne bis hinten erlogen! Wenn die Frage so doof ist, muss man auch doofe Antworten geben können! Frieden ist doch doof!«

Schon fliegt Herrn Paul das erste Stück Kreide an den Kopf. Schwämme, Brotbüchsen, was fliegen kann, fliegt. Mitten in der Schlacht betritt Herr Weinert das Zimmer, mit rotem Gesicht. Früher war er Bergmann. Er brüllt, der Putz rieselt von den Wänden.

»Wer war der Anführer?«

Herr Paul zeigt auf mich.

Alle rufen: »Er hat überhaupt nicht geworfen! Er hat die ganze Zeit still dagesessen!«

Herr Paul: »Er hat unsachlich diskutiert.«

Alle: »Stimmt nicht, er hat sachlich diskutiert.«

»Aufräumen, und dann Ruhe!« brüllt Herr Weinert.

Alle räumen auf.

Herr Weinert: »Das hat ein Nachspiel!«

Wumm knallt die Tür wieder zu.

Herr Paul will mir eine Vier geben für meine schlechte Interpretation. Wir verhandeln mit ihm.

»So schlecht war die Interpretation gar nicht! Wieso eine Vier? Eine Eins hat er verdient oder mindestens eine Zwei. Wir haben überhaupt nicht interpretiert, aber er hat Argumente gesucht, das muss man doch anerkennen! Warum soll nur Ihre Interpretation richtig sein? Weil sie im Lehrbuch steht, oder was? Geben Sie ihm eine Eins, sonst meldet er sich gar nicht mehr, worüber sollen wir dann lachen?«

Herr Paul gibt mir eine Zwei.

Herr Weinert hält uns in der nächsten Stunde einen Vortrag zum Thema Verrat.

»Sprechen wir es offen aus. Wer seine Lehrer beschimpft, beschimpft auch den Staat. Merkt euch das. Wofür sind die Häftlinge in den Konzentrationslagern gestorben? Für euch, für eure Zukunft. Unser Staat erwartet etwas Dankbarkeit für die Erziehung und Ausbildung, die jeder bei uns bekommt. Verräter haben kein Vaterland. Man liebt den Verrat, aber niemals den Verräter. Verräter sind nirgendwo willkommen. Auch nicht da drüben (er zeigt Richtung Grenze), wo die Kaugummis herkommen. Bevor jemand auf den Gedanken kommt abzuhauen, sollte er mal nach Buchenwald fahren. Buchenwald ist der passende Ort für Verräter. Dort soll er mal über den Appellplatz laufen und dann auf seine Schuhe gucken. Vielleicht klebt Blut an seinen Schuhen? Hat jemand noch etwas zu diesem Thema zu sagen? Ihr sollt was lernen, dafür geht ihr in die Schule.«

Niemand meldet sich.

Ich beobachte die Lehrer und fertige Merkblätter über sie an.

Frau H.: Sie macht immer alles richtig, und sie will immer, dass alle alles richtig machen. Mit ihrer Stimme könnte sie Glas zerschneiden, glaube ich. Mir zerschneidet sie jedenfalls das Herz, wenn sie redet. Es tut mir weh, dass sie da ist. Sie trägt gern schrille Farben, glitzernde Blusen, sie verschnürt sich mit Halstüchern, sie duftet jeden Tag anders. Ihre Frisur ist künstlich, irgendwie onduliert. Ihre Augen sind

Knopfaugen, ich habe Lust, sie einzudrücken. Ihr Gesicht ist voller Sommersprossen, im Sommer blüht es. Kinder hat die arme Frau auch, was müssen die leiden. Die Tochter hat noch mehr Sommersprossen als die Mutter. Die Tochter will auch Lehrerin werden, na Prost und Mahlzeit!

Herr S. hingegen will, dass die Schüler Angst vor ihm haben, und er weiß, dass die Schüler Angst vor ihm haben. Er hat nur einen Lungenflügel. Der zweite wurde ihm im Krieg weggeschossen. Herr S. bestraft die kleinste Unaufmerksamkeit. Er brüllt zwei Atemzüge lang, dann zeigt er, wie schwer ihm das Luftholen fällt. Wer ihn ärgert, kann seinen Erstickungstod verschulden. Wenn er die Etage betritt, schweigen alle. Herr S. hat Hände, die sind behaart, von denen möchte man keine gescheuert bekommen.

Frau M.: Frau M. riecht so gut.

Die Schule ist zu Ende. Jetzt gibt es zwei Möglichkeiten. Mit dem Bus nach Hause fahren oder drei Kilometer durchs Elendstal laufen. An der Bushaltestelle könnte es Dresche geben. Aber nach dem Fußmarsch gibt es kein Schulessen mehr.

Also werde ich mir zu Hause eine Tütensuppe kochen.

»Wer isst denn die vielen Tütensuppen?«

»Ich esse manchmal Tütensuppen.«

»Du kannst mir nicht erzählen, dass du alle Tütensuppen verbraucht hast. Vorige Woche waren noch fünf Tüten da. Jetzt sind es bloß noch zwei. Wer hat sechs Teller Suppe gegessen? Ich weiß genau, wie viel ich gekauft habe.«

»Ich habe die Tütensuppen nicht gezählt, die ich gegessen habe.«

»Du bräuchtest keine Tütensuppen zu essen, wenn du an der Schulspeisung teilnehmen würdest. Ich habe von deinen Mitschülern schon einige Male gehört, dass dir das Essen dort nicht gut genug ist. Kannst du mir das erklären?«

»Tut mir leid, ich bekomme zu oft Dresche von den Schülern aus der Klasse über mir, die haben mich ausgesucht, deshalb gehe ich nicht zum Mittagessen.«

»Was behauptest du da? Du wirst von den Größeren verprügelt? Und das sagst du uns nicht? Wir können dir doch helfen!«

»Daran habe ich nicht gedacht. Ich kann nicht an alles denken.«

»Warte, bis dein Vater nach Hause kommt, dann erzähle ich ihm alles.«

Er kommt, und sie sagt: »Lass dir mal was erzählen von ihm.«

»Die machen das einfach so mit dir, aus Lust und Laune, alle gegen dich?«

»Nicht alle, nur ein paar.«

»Und dir hilft niemand? Wer ist der Anführer?«

Ich sage den Namen.

»Zu dessen Vater werden wir jetzt gehen, dann wird sich herausstellen, ob der seinen Sohn in den Griff bekommt.«

Die beiden Männer sprechen miteinander, dann werde ich gefragt. Ich bestätige die Vorfälle.

»Das wird sich ändern«, sagt der Vater von dem, »ich werde mit meinem Sohn reden. Wo gibt's denn so was, alle auf einen. Ich habe meinen Sohn anständig erzogen.«

Und der Mann: »Siehst du, so wird das gemacht. Beim nächsten Mal kommst du gleich zu uns, wenn du Probleme in der Schule hast. Du könntest natürlich auch fleißiger sein. In Deutsch hattest du früher eine Eins, jetzt nur noch eine Zwei. Wie kommt das?«

»Ich habe eine Geschichte falsch interpretiert.«

»Dann interpretiere das nächste Mal richtig. Bereite dich besser vor. Soll ich mal mit Herrn Paul sprechen, wie diese Verschlechterung zustande gekommen ist? Oder willst du mir selbst die Wahrheit sagen? Hast du alle Hausaufgaben gemacht?«

»In Deutsch mache ich immer alle Hausaufgaben, sogar mehr als nötig.«

»Du liest viel, das stimmt. Wahrscheinlich hast du dir deshalb die Augen verdorben. Wir sollten das Lesen rationieren. Später ärgerst du dich, wenn du schlecht sehen kannst. Jedenfalls müssen wir mehr miteinander sprechen. Der Stock war schon lange Zeit nicht mehr nötig, dafür wollte ich dich sowieso noch loben. Du siehst, es geht also auch ohne. Langsam wirst du wohl doch vernünftig.«

Ich weiß schon, weshalb die anderen gegen mich sind. Wegen der Schulolympiade im Skilanglauf. Weil ich zu schnell laufen wollte. Im letzten Jahr war ich der Schnellste in meiner Klasse, aber aus der Klasse über mir war einer schneller gelaufen. Ich trainierte also, oben auf der Wiese hinter dem Friedhof. Ich trat mir eine Spur in den Schnee und lief Tag für Tag meine Runden. Manche konnten mich vom Bus aus sehen, aber das störte mich nicht. Sollen sie ruhig gucken.

Am Tag des Wettkampfs lag mindestens ein Meter Neuschnee. Das hieß: Der Bus kommt garantiert zu spät.

Der Bus schaffte es kaum den Berg hoch. Schließlich blieb er in der Kurve überm Elendstal im Schnee stecken.

»Alle aussteigen«, brüllte der Busfahrer.

Großer Jubel. Alle steigen aus, um nach Hause zu laufen, nach Hause ist immer der kürzeste Weg.

Heute ist sowieso bloß Sport, wir lernen sowieso nichts, wir laufen nach Hause.

Ich nicht, ich laufe in die Schule.

Ankunft in der Schule, die Lehrer gucken.

»Die anderen kommen nicht. Alle sind nach Hause gegangen. Der Bus ist im Schnee stecken geblieben.«

Der Wettkampf wird verschoben, weil fast die Hälfte der Schüler fehlt.

Mein Lieblingstier ist der Honigdachs. Er sieht auf jeden Fall lustig aus, wie eine aufgeblasene Schabe, die sich für den Karneval verkleidet hat. Der Honigdachs muss vor niemandem Angst haben, obwohl er so klein ist. Er kann sogar Giftschlangen fressen. Wenn eine Schlange ihr Gift in seinen Rachen spuckt, wird er kurz ohnmächtig, aber die Schlange behält er im Maul, und nach dem Aufwachen schluckt er sie hinunter. Er greift sogar Löwen und Menschen an, wenn es sein muss. Außerdem kann er angreifende Tiere mit Dünnpfiff bespritzen. Er hat eine glitschige Haut, als hätte er sich eingeseift, andere Tiere können ihn schlecht fassen. Wenn es ganz gefährlich wird, zum Beispiel wenn viele Gegner kommen, kann er sich mit seinen Klauen schnell in den Boden eingraben, der Sand fliegt in alle Richtungen und Freund Honigdachs verschwindet im Boden. Er ist auch ein Feinschmecker, liebt nämlich den Honig von den gefährlichsten Bienen Afrikas. Er hat aber selbst keine Lust oder ist zu dumm, die Nester zu finden. Ein Singvogel zeigt sie ihm, der Honiganzeiger. Jeder echte Honigdachs hat zwei oder drei Frauen.

Was kann der Honigdachs noch? Er kann eigentlich alles. Er kann leider keine langen Gänge graben, nur Erdhöhlen.

Wenn man Schriftsteller werden will, kann man gar nicht genug wissen. Ich habe mir einen Plan ausgedacht, wie ich in Zukunft lesen werde. Nicht mehr so einfach drauflos. Ich lese nur noch Bücher aus der Weltliteratur. Von Zola habe ich schon sechs Romane gelesen, das reicht jetzt. Von Balzac sieben. Von Jules Verne immerhin siebzehn. (Wir haben in der Klasse unsere Bücher ausgetauscht.) Aber ich muss mich auch klassisch bilden. Man muss als Schriftsteller auch Zahlen aus der Geschichte kennen. Man muss wissen, welche Könige regiert haben und wann der Webstuhl erfunden wurde und warum Robinson Crusoe und der Graf von Monte Cristo miteinander verwandt sind. Romanhelden können Verwandte sein, sogar wie Zwillinge, das habe ich vor Kurzem entdeckt. Nikolai Gogol hat eine Gespenstergeschichte geschrieben, wo ein Porträt lebendig ist, und wer es anguckt, kann es nicht aushalten. Und Oscar Wilde hat später *Dorian Gray* geschrieben, das ist eine ähnliche Gruselgeschichte.

Ich werde mir in Zukunft zu jedem Buch, das ich lese, Notizen machen, damit ich nicht vergesse, was ich gelesen habe. Zum Beispiel das letzte Buch hat mich sehr geärgert. Der Autor formuliert ungeschickt. Er schreibt an einer Stelle: »Wir landeten in einer Barke, einem Boot, einem Schiff.« Was denn nun? Eine Barke ist kein Schiff. Eine Barke ist klein, ein Schiff ist groß. Der Autor wollte nur die Zeilen füllen und den Leser ablenken oder zeigen, was er weiß. Der Autor ist ein Angeber. Der Autor soll kein Angeber sein, aber er könnte über einen Angeber lustig schreiben. Er denkt sich lieber eine Geschichte aus, als ehrlich zu schreiben, dass er ein Angeber ist.

Ich habe lange nicht gewusst, was »a.a.O.« heißt. »a.a.O.« steht in vielen Büchern. Anmerkung »a.a.O.« Das muss ein kluges Buch sein, habe ich gedacht, weil in so vielen Büchern auf »a.a.O.« hingewiesen wird. »a.a.O.« ist bestimmt ein Lexikon, das so wichtig ist wie die *Bibel*, dachte ich. Hier verrate ich nicht, was »a.a.O.« heißt. Ich will es mir merken ohne es aufzuschreiben.

Ich habe in letzter Zeit bemerkt, dass ich viele Bücher falsch lese. Ich verwechsle zu oft die Literatur mit dem Leben. So ist mir erst vor kurzem aufgefallen, dass Romanhelden niemals auf Toilette gehen. Man schämt sich also, in Romanen darüber zu sprechen, obwohl es doch normal ist.

Außerdem habe ich geübt, über mich nicht mehr *ich* zu denken, nur noch *er*. Wenn das, was mir passiert, mir passieren würde, hätte ich gar keine Ruhe mehr. Es geht schon morgens los, wenn der Wecker klingelt: Er muss zur Schule gehen, er schleicht sich aus dem kalten Bett, er schleicht sich in den Keller, um sich dort zu waschen. Er schleicht in die Küche. Er nimmt still das Frühstück ein. Er schließt still die Tür und geht in die Schule.

Familie heißt also: alles wie immer. Wenn ich nicht auffalle, passiert manchmal eine Weile nichts. Die Kleine hat es im Moment schwerer als ich. Die Kleine wird bestimmt mal verrückt. Sie hält die Prügel nicht aus. Sie hat die größten Augen von uns, besonders, wenn sie geprügelt wurde. Überhaupt glaube ich, dass sie eine Märchenfigur ist. Die sieben Raben hatten auch eine Schwester, aber wir sind nur vier.

Verrückt zu werden, ist bestimmt interessant. Man kann ja für sich selbst im Innern die Sätze vervollständigen, die man nach außen, zu den dummen Zuhörern, nur in Fetzen raushaut. Friedrich Hölderlin hat das so gemacht, ein deutscher Freiheitsdichter. Friedrich Hölderlin hat Oden geschrieben, aber so schreibt man heute nicht mehr, so geschwollen, es ist nicht mehr Mode. Götter, Götter, Götter. In jedem Gedicht kommt irgendein Gott vor, hat man den Eindruck. Und die Götter haben keine Namen, sie heißen oft nur Götter.

Aber manche Zeilen sind schön, man muss sie suchen. »Auf leichtgebaueten Brücken« gefällt mir. Ich stelle mir federleichte Brücken vor. Oder: »Rings sind gehäuft die Hügel der Zeit.«

Die Zeit hat Buckel, das ist schön. Man rutscht also nicht immer runter, sondern wird auch mal hochgezogen, wenn man eine gewisse Zeit überstanden hat.

Am liebsten würde ich ja Philosoph werden, aber das ist zu schwierig. Ich habe schon vor einem Jahr Briefe von einem Philosophen gekauft, Voltaire, aber noch nicht gelesen. Von Herbert Spencer habe ich ein Buch gekauft, das war der Lieblingsphilosoph von Jack London. Von ihm hat Jack London gelernt, wie man die Welt betrachten kann, wenn man etwas erkennen will.

Es ist für Schriftsteller gut, von Philosophen zu lernen. Nicht nur für Feldherren wie Alexander dem Großen. Philosophen heißen nicht umsonst Weise. Sie können auch Spötter sein wie Sokrates, und damit eine Zeit entlarven.

Ich übe jetzt übrigens, Tagebuch zu schreiben. Ich schreibe erst eine Fassung in ein Schmuddelheft, das ich auch mit Zeichnungen beschmieren darf, und dann in ein sauberes Heft noch einmal die übrig gebliebenen Sätze ohne Streichungen. So schäme ich mich nicht mehr so stark, wenn ich lese, was ich früher geschrieben habe.

Für später stelle ich mir vor, dass ich nur nachts schreiben werde, mit einer Lampe auf dem Tisch. (Warum eigentlich mit einer Lampe?)

Ich habe eine neue Idee: Ich könnte drei tote Schriftsteller miteinander sprechen lassen, zum Beispiel Jonathan Swift, Mark Twain und B. Traven. Sie sollten sich in einem Leuchtturm treffen, wenn draußen der Sturm heult und das Meer peitscht. Warum gerade die drei? Ich dachte zuerst auch an Herman Melville als Gast, deshalb die Idee mit dem Leuchtturm, weil Melville Leuchtturmwärter war. Aber Melville schreibt zu schwierig, ich kann ihn nicht einladen. Sogar mit Hilfe des Fremdwörterbuchs verstehe ich viele Worte nicht.

Von den anderen drei Autoren habe ich genug gelesen, sie können reden. Swift kann zwischendurch ein Märchen erzählen. B. Traven könnte erklären, warum er sich versteckt hat. Außerdem ist er nicht so zimperlich wie viele andere Schriftsteller, die nur im Frack herumrennen und aufgeblasene Reden halten. Traven hat das echte Leben erforscht. Ein Schriftsteller kann auch mal auf Expedition gehen oder wochenlang durch Kaktusfelder wandern, auf der Suche nach Arbeit in den Ölfeldern, das schadet ihm nicht, er wird echte Menschen treffen.

Jonathan Swift muss dabei sein, wegen Gullivers Reisen. Das ist ein Kinderbuch und ein philosophischer Roman, beides in einem. Die Pferde können sprechen und denken, die Menschen stinken. Jonathan Swift kann außerdem mit Worten schöne Bilder malen, er kleidet seine Figuren fein ein. Und er war auch ein Humorist. Ich finde auch, dass man nicht schwermütig schreiben soll. Wenn dem Autor das Schreiben Spaß macht, kann das Buch dem Leser gefallen.

Ich muss mich häufig noch zwingen, beim Thema zu bleiben. Abschweifungen können für die Spannung gut sein, aber sie dürfen sich nicht unendlich weit ausdehnen. Alles hat eine Grenze!

Ob es überhaupt erlaubt ist, hier im Sperrgebiet Tagebuch zu schreiben? Man kann nie wissen, ich werde niemanden fragen, sondern das T. weiter gut verstecken.

Ich habe entdeckt, dass ich mich nicht langweilen muss. Man denkt, wenn man sich langweilt, es ist eine trockene Zeit, es fehlt Wasser, damit die Blumen wachsen. Aber hinterher ist es doch interessant, an die langweilige Zeit zurückzudenken.

Während man sich nämlich gelangweilt hat, hat man vielleicht etwas angesehen (einfach nur den Fußboden, einen Nagel im Brett). Oder man kann sich später darüber wundern, dass man sich damals gelangweilt hat. Die Langeweile schafft also eine sinnvolle Zeit. Man hat etwas getan, ohne es zu bemerken. Man hat die Wolken angestarrt. Wolkenkino kostet keinen Eintritt. Wohin fliegen die Wolken? Sie fliegen frei über jede Zone.

Ich glaube, wenn man sich konzentriert und wenn niemand stört, ist jede Minute des Lebens interessant. Man muss im Leben Schauspieler sein, damit man alles genießen kann.

Mein altes Ziel, der jüngste Romanschriftsteller aller Zeiten zu werden, kann ich nicht mehr erreichen. Mein Roman ist erst dreißig Seiten lang, und ich komme nicht weiter. Die drei Jungs sind jetzt auf der Insel, aber alles ähnelt zu sehr Robinson Crusoe, es gibt Ziegen dort, und es werden Kisten an Land geschwemmt.

Vielleicht interessiert es mich gar nicht, wie die drei Jungs auf der Insel überleben werden, sondern nur, wie sie von zu Hause abgehauen sind? Und das habe ich ja beschrieben.

Mit der Geschichte *Monolog im Nebel* bin ich auch gescheitert. Ich tröste mich, das ist Martin Eden auch passiert, und der war sogar etwas älter als ich.

Ich war so blöd, es zu verraten. Ich habe dem Erzeuger gesagt: Ich bin Schriftsteller.

Der hat bloß gefragt: Was ist denn von dir schon auf dem Markt?

ines Tages mussten sie mich gehen lassen, die weibliche und die männliche Hauptperson.
Sie kontrollierten zwei Stühle, die ich aufs Umzugsauto geladen hatte, sowie die Matratze.

»Nicht, dass du noch die falschen Möbel mitnimmst!«

Sie gab mir die Hand, guckte irgendwohin, zwei Tränen liefen ihr über die Wangen. Er klopfte mir auf die Schulter.

»Erinnere dich an unsere Wanderungen«, meinte er. »Erinnere dich an Fußball. Deine Zehen im Winter erfroren, wer fuhr dich zum Arzt? Erinnere dich an deine Geburtstagstorte.«

»Es ist gut«, sagte ich.

»Wenn es mal Ärger gibt, vergiss es, geh deiner Wege.«

»Es ist gut.«

Ich winkte nur den Bergen zum Abschied. Auf dem Gipfel hatten Faust und Mephisto Froschsuppe geschlürft. Inzwischen hatten zwei Militärmächte dort ihre Abhörgeräte aufgestellt. Primitive Technik, aber immerhin.

Die politischen Lügen waren oft billig, geschmacklos, unter der Würde eines Lauschers eigentlich.

Wir leben in einer fröhlichen Gesellschaft, größte Lüge. Für die Fröhlichkeit der Kinder sichern wir den Frieden, Lüge. Wir feiern fröhlich Ernstelmanns Geburtstag, weil Ernstelmann ein großer Kämpfer für die Fröhlichkeit der Kinder war, größte aller allergrößten Lügen.

Alle gähnten, wenn sie fröhlich waren. Manche zählten das Wort Fröhlichkeit in einer Rede über Fröhlichkeit. Andere sagten: Man kann etwas ändern, aber nur im Kleinen.

Die Regierung sollte an der schlechten Stimmung im Land schuld sein. Aber wo die Regierung ihren Sitz hatte und wann sie tagte, wusste niemand genau. Die Regierung hatte eine Postadresse, und man konnte ihr schreiben. Offiziell stand das Haus der Regierung im Zentrum der Hauptstadt.

Auf die Idee, dass niemand regierte, war noch keiner gekommen. An und für sich hätte die Regierung regieren müssen, unter Anleitung der Staatspartei, die den Willen des Volkes ausdrücken sollte. Der Wille des Volkes war per Gesetz festgeschrieben. Die Regierung brauchte unter Anleitung der Staatspartei, die den Willen des Volkes ausdrücken sollte, eigentlich nur die Gesetze durchzusetzen, die dem Volk per Gesetz vorgeschrieben waren. Aber an dieser Aufgabe scheiterte sie.

Ich zog in die Hauptstadt, wo mich niemand kannte. Meinen Namen änderte ich.

Leere Wohnungen gab es ausreichend in der Stadt, nur Türen oder Fenster fehlten manchmal. Die Verwaltung hatte den Überblick verloren. Viele Leute hatten das Land bereits verlassen, sich aber nicht abgemeldet.

Ich lebte in einer Wohnung ohne Strom. Der Ofen qualmte. Die Fensterritzen stopfte ich mit Zeitungen aus. Oft saß ich im Schlafsack am Schreibtisch.

Am Ende des Flurs wohnten Horst und Elvira.

Horst sammelte alte Fahrräder, die er im Wohnungs-
flur auf einen Haufen warf, worüber Elvira schimpfte.
Sie saß den ganzen Tag vor dem Fernseher, schlurfte
höchstens in die Küche, um eine Suppe zu kochen.

»Suppen sind einfach zu machen, hat die Frau von
der Fürsorge gesagt, und das stimmt!«

Horst besuchte mich manchmal. Er guckte lieber
auf den Boden als auf die Bücher. Er sammelte auch
Ersatzteile für Fahrräder. Über Elvira sagte er: »Ach,
die!«

Elvira sagte über ihn: »Ach, der!«

Ich musste Geld verdienen, um mein Studium zu
finanzieren. Das gelang mir irgendwie, ich war nie
ein Rechenkünstler gewesen. Ich malochte auf einer
Baustelle, ich mimte brav den Türsteher im Theater,
ich brüllte mir als Marktschreier den Hals wund und
atmete als Drucker ätzende Dämpfe ein.

In der Mensa kostet das Essen fünfundfünfzig
Pfennige. Man wird satt davon.

Ein echter Feiertag ist es, wenn keine Pflicht mich
abhält, in der Bibliothek zu lesen. Immer wieder zit-
tern mir die Knie beim Betreten dieses Gebäudes. Im
Hof plätschert ein Brunnen, es herrscht eine Ruhe
wie in Kaisers Garten.

Die Bücher schweigen nicht, sie singen. Lies mich!
singen die Heimatforscher aus dem frühen neun-
zehnten Jahrhundert. Wir schenken dir Geheimwis-
sen! behaupten die Freimaurer und die Trotzkisten.

Die Psychologen allerdings erzählen keine Geschichten, sie interpretieren Statistiken.

Nach einigen friedlichen Unruhen erklärte die Regierung ihren Rücktritt. Sie bezeichnete die wichtigsten politischen Beschlüsse der letzten Jahre als Ausdruck des Fehlverhaltens einzelner Regierungsmitglieder. Im traurigen Monat November war es.

Geheime Archive lagen auf den Straßen. Die Grenzen wurden geöffnet, und wer das Land verlassen wollte, tat es.

Die Sonne der Freiheit sollte nun überall scheinen. Einige Gelehrte glaubten, die Weltgeschichte würde stillstehen, an Erlebnislosigkeit ersticken gewissermaßen.

Neues Land, neuer Pass, neue Gesetze, neue Waren und Preise, neue Gerüche und Farben, neue Moden und neue Mitbürger.

Heimat, das ist für mich die Wohnung des Generals. Es ist egal, wie es da aussieht. Außer Büchern ist sowieso fast nichts da. Ein Klavier noch, Notenregale, ein Harmonium, etliche Tabakpfeifen.

Der General steht meist schon auf dem Treppenabsatz und hüpft und springt wie Rumpelstilzchen, wenn ich komme. Generalfeldmarschall von Mackensen, seines Zeichens ein hoher Würdenträger, ein weiser Mann mit Bartstoppeln und mittlerweile sechzig Jahre alt.

Wir verbeugen uns voreinander, schütteln uns die Hände, er läuft im Kniehebelauf durch den Flur und weist nebenbei auf die Hindernisse, über die ich stolpern könnte.

»Vorsicht! Kein Platz frei!«

Im Flur stehen Bücherregale und in beiden Zimmern. Auf dem Bett liegen Bücher, auf dem Fußboden, auf der Heizung, auf dem Klavier, auf den zwei Tischen. Der General bezeichnet seine Bibliothek als liederliche Sammlung.

»Käffchen? Rauchpause?«

Schon beginnen die Sorgen. Wo findet sich eine saubere Tasse?

Aber erst rauchen. Fast sein ganzes Geld gibt er für Tabak aus.

Der General hat sich seinen Namen verdient, unter Einsatz von Leib und Leben. Er hat sich im Alter von sieben Jahren die Nase so lange platt gedrückt und gegen den Spiegel gestoßen, bis der Knorpel schief stand. Er wollte unbedingt aussehen wie Generalfeldmarschall von Mackensen, dessen Foto er in einem Buch gesehen hatte.

Der General wurde in den letzten Kriegstagen geboren, als die Rote Armee bereits in den Vorstädten übernachtete. In der gleichen Aprilwoche trat eine neue Hundesteuerverordnung in Kraft, gültig für das gesamte Dritte Reich. Das Gesetzblatt mit der entsprechenden Bekanntmachung hängt über dem Bett des Generals.

Sein Vater hatte dem Fahrer des Führers Klavierunterricht erteilt. Eine zufällige Bekanntschaft. Der Fahrer zahlte gut, kam immer pünktlich zum Unterricht. Von ihm hatte der Vater einen Mantel geerbt.

Ich fragte den Vater des Generals einmal, wann ihm aufgefallen sei, dass seine jüdischen Kollegen nach und nach verschwanden.

»Die haben immer fleißig geübt und keinen Alko-

hol getrunken, die sind nicht aufgefallen«, antwortete
er.

Der General zeigt mir seine Schachpartien, die ge-
wonnenen zuerst.

Da brennt die Luft!

Am Anfang verwirrt er den Gegner oft mit einem
schlechten Zug. Sich selbst verwirrt er damit allerdings auch, weil er ursprünglich einen besseren Zug
machen wollte. Doch bald zieht er die Giftpfeile aus
dem Köcher. Säbeltanz auf schwankendem Deck,
das liebt er. Er kichert über die Angst seiner Gegner,
sie fürchten sich vor seiner Liebe zu Rätseln. Manche bezeichnen ihn als Pfau, der nur »für die Gale-
rie spielt« mit seinen absonderlichen Attacken. Seine
Verlegenheitszüge sind so durchdacht, dass der Gegner errötet. Und manche schreien wütend: Das ist ja
Schach aus der Psychiatrie!

Der General stellt die Schachfiguren aufs Brett, ich
zünde mir eine Zigarette an. Es klingelt, er stolpert
über Bücher im Flur und öffnet die Tür.

»Sie haben bei uns eine Schraube bestellt?«

Der General stottert, er scheitert schon an der ersten Silbe.

Eine Frau betritt das Zimmer, Stift und Block in
der Hand, Mantel überm Arm.

»Oder haben Sie bei uns eine Schraube bestellt?
Die Rechnung muss bezahlt werden! Hier steht doch
die Schreibtischlampe.«

Der General fragt: »Welche Schraube?«

Sie zeigt ihm einen Brief.

»Das sind doch Sie?«

»Sie sind im falschen Eingang«, sagt der General.

»Da haben Sie aber Glück gehabt«, sagt die Frau.

»Aber diese Lampe ist von unserer Firma.«

Der General bringt sie zur Tür.

»Jemand hat eine Schraube bestellt und bekommt deswegen Hausbesuch?«

»Ich habe keine Schraube bestellt«, sagt der General.

»Weil jemand eine Schraube bestellt hat, wird er angeblafft?«

»Der Fleischer schimpft über die neuen Hygienevorschriften. Kleine Privatbetriebe dürfen nicht mehr schlachten. Die Wurst soll nur noch aus großen Fabriken kommen. Lies!«

Er gibt mir eine Zeitung.

»Das System arbeitet, die Maschinerie läuft. Brüssel gibt Geld in strukturschwache Regionen, die strukturschwach wurden, weil Brüssel die chemischen Wurstfabriken unterstützt. Es lohnt sich nicht, in die Rentenkasse einzuzahlen. Als Rentner werden wir wieder in Kellern leben, in feuchten, überfüllten Kellern.«

»Wissen die da oben nicht, was passiert?«

»Die da oben sind überfordert. Sie mauscheln, so lange sie mauscheln können. Die Gesellschaft hat keine Idee von sich selbst. Sie hat kein Wozu, sie ordnet nur Materie.«

Wir spielen. Er gewinnt natürlich. Er kann schneller denken als gucken. Ich packe seinen Hals – er hat ihn mit Fett eingeschmiert und entgleitet mir.

»Ein windiger Typ bist du!«

»Weiß ich.«

»Eine gemeingefährliche Schlange!«.

Der General wollte in seiner Kindheit berühmt werden. Er hatte mit seinem Boxerhund Berry eine Hundeoper einstudiert und wollte in der Mailänder Scala auftreten. Als Berry endlich bühnenreif jaulte, zeigte der Kalender Sonntag, 13. August 1961. Der General konnte nicht mehr in den Westteil der Stadt, um seine Großmutter zu besuchen, die ihm die Fahrkarte nach Mailand kaufen sollte.

Er wurde ein sozialistischer Schüler. Der Atem der Geschichte roch nun nach Bockwurst – das wurde ihm klar, seit er an den Treffen der staatlichen Jugendorganisation teilnehmen musste. Er trug die falsche Nase, Generalfeldmarschall von Mackensen galt jetzt als ein Knecht der Ausbeuter.

Manchmal durfte der General die Schule schwänzen. Der Vater hatte Lust zum Schachspielen. Das Zeugnis sah entsprechend aus.

Auch der General wurde ein erwachsener Mann. Er wollte ein liederliches Leben führen und sich nichts aufbauen. Er wollte Bienenzüchter oder Geigenbauer oder Baumgärtner werden. Der letzte Wunsch wurde ihm erfüllt. Er lernte Latein und sprach die Blumen mit Namen an.

Bald wurde er ein Soldat für den Frieden. Für Frieden und Gleichheit und Stumpfsinn. Aber der Generalfeldmarschall war gerne Soldat. Er musste sich nicht mit Entscheidungen quälen. Die meisten Soldaten meckerten, weil sie nichts selbst zu entscheiden hatten, er aber freute sich über gesundes Frühstück und regelmäßige Mahlzeiten. Der General übte das Exerzieren noch nach Feierabend, deshalb konnte man ihn nicht mit Exerziertraining bestrafen.

Der General hat mal in einem Film mitgespielt, eine Nebenrolle mit zwei Sätzen. Von dem Honorar wollte er zwei Jahre leben. Doch es kam Post vom Finanzamt. Der einmalige Verdienst war zu einem regelmäßigen erklärt worden, obwohl ihm die Hälfte des Honorars bereits im Voraus abgezogen worden war.

Er antwortete dem Finanzamt: Ich möchte in Ihrem Verein kein Mitglied werden. Den nächsten Brief erhielt er per Einschreiben, mit einem Termin des Gerichtsvollziehers.

Die Pfändung konnte er gerade so noch abwenden. Alle Fristen für weitere Einsprüche waren jedoch überschritten. Achtzig Prozent seines Verdienstes waren einbehalten worden, die Restschuld sollte er über einen Zeitraum von vierzig Jahren abzahlen.

Er bekam nun eine monatliche Unterstützung vom Staat, so dass er letztlich keinen Schaden hatte.

Der General hat schon Mörder zum Weinen gebracht. Er arbeitete im Paketdienst, kam in ein sozialistisches Kollektiv, bestehend aus Schwerverbrechern, die hier ihre kriminelle Laufbahn sühnten und sich bewähren sollten.

Sie zogen ihm das Hemd aus und betasteten seine Arme und lachten.

»Ei, du Kaspar, was willst du denn hier?«

»Och. Ich soll hier Pakete tragen.«

Am nächsten Tag brachte der General die Blockflöte mit, er spielte den neuen Kollegen Weihnachtslieder vor. Er brauchte nun keine Pakete mehr zu tragen.

»Hej, Langer, spiel mal noch ein Lied! Du, sag mal, kannst du auch etwas von Heintje spielen? Flöte, pass auf deine Finger auf!«

Man sollte schnell sterben, sagt der General, um den Absprung ins nächste Ich zu schaffen, so, wie man im

Traum nach einer peinlichen Szene noch einen guten Abgang sucht.

Die Mutter des Generals hat an ihre Wiederauferstehung geglaubt, deshalb konsultierte sie nie einen Arzt, auch nicht, als ihr Finger eiterte. Sie tauchte ihn in Wodka, das sollte Bakterien töten. Nach ein paar Jahren war der Finger weggeeitert. Eines Sonntags zog ein feiner roter Strich zu ihrem Herzen. Die Familie versammelte sich am Tisch und besprach, wie die Trauerfeier gestaltet werden sollte. Die Mutter wollte, dass viele Leute eingeladen werden. Doch der Wodka wirkte wieder einmal heilend, sie lebte noch einige Jahre.

Der Mann aus dem Dorf, der Gift- und Wurzelzwerg, der Brüllochse, der Hausdieb, der Prügler, hatte sich inzwischen an meiner Schwester vergangen, an seiner Tochter. Wir müssen darüber berichten.

Die Kleine wollte offenbar den Beweis erbringen, dass man einen Teufel lieben kann, nach dem Motto: Mich hat er immer bevorzugt behandelt, ich werde ihm die Krallen schneiden.

Der Mann sagte zu ihr: »Ich möchte dich nur mal untersuchen.«

Er untersuchte sie nicht mit den Händen, die hatte er in die Hüften gestemmt.

Anders gesagt, alle glücklichen Familien ähneln einander, jede unglückliche aber ist auf ihre eigene Art unglücklich, wie ich am Beispiel meiner Familie erlebt habe. Das Unglück muss in unsere Familie bereits in grauen Vorzeiten eingezogen sein. Der Name unserer Familie stammt vom indischen »Brahma« ab, und Brahma sei im Indischen das Wort für die Urfreiheit, die lodernde Flamme, den Weltengrund, erzählte man mir. Vielleicht wurden meine Vorfahren um des Namens willen verfolgt, jedenfalls änderten sie ihn oder änderte er sich – hin zu der Bedeutung, eine Strafe abbrummen, im Gefängnis sitzen.

Der Kronos, der uns gezeugt hatte, wollte uns fressen, täglich wieder. Ich schmeckte ihm nicht, das merkte ich bald. Er sagte das auch: Du schmeckst mir nicht. Aber auf meine Schwester hatte er frühzeitig seine Blicke gerichtet. Er leckte die Kleine schon als Baby ab, band ihr Schleifchen ins Haar, hob ihr das Röckchen am Küchentisch, kitzelte sie zwischen den Beinen. Mein ein und alles! rief er oft und gerne.

Viele Leute lobten ihn für die Liebe zu seiner Tochter. Ich dachte: Wenn dieses Schwein jemanden liebt, ist etwas faul. Das stinkt zum Himmel. Eigentlich hätte ich ein Mädchen werden sollen, so dass mir ihr Schicksal gedroht hätte, deshalb beobachtete ich sie und ihn genau.

Kronos ließ einmal seinen Speichel auf ihre Lippen fallen, wie Gifttropfen. Ich sprang ihm an den Hals und würgte ihn.

Er: »Du bist doch kein Mädchen.«

Er glaubte wirklich, ich hätte ihn liebkosen wollen, so verblendet war er.

Er hielt sich eine Dienstmagd, die er beschimpfen konnte. Sie weinte viel und verpetzte ihre Kinder. Kronos hatte sich die schwächste aller Mägde ausgewählt.

Oft beklagte er sich über seine eigene Missgestalt, insbesondere morgens am Frühstückstisch. Verwachsen fühle er sich, zu klein geraten, die Knie zu steif, die Augenbrauen zu buschig. Lange und kurze Haare zupfte er sich aus den Nasenlöchern.

»Solche Haare bekommst du mal, alte und rote! Freust du dich schon darauf? Aufs Altwerden? Worauf freust du dich? Freust du dich, mich zu beerben? Soll der Alte endlich tot sein? Du willst auf meinem Grab herumtrampeln, lese ich richtig in deinen Augen? Willst den Vater nicht ehren?«

Rülpser.

»Was liegt heute auf den Tellern? Wurden die Erbsen gezählt? Ich frage nur, damit ihr nachts nicht laut furzt. Denkt nicht, dass ich geizig bin, Erbsen haben wir genug für euch.

Fisch also. Weil wir am Meer leben, oder was? Wer hat Fisch bestellt? Preise, Geld sparen? Sind wir neuerdings arme Leute? Beschissen werden wir sowieso, das ist klar.«

Fast täglich dachte er sich neue Botschaften aus, die wir noch unseren Enkeln eintrichtern sollten.

»Misstraut allen! Weicht keinen Zentimeter im Kampf zurück! Schlagt euch nach besten Kräften! Ätzt Löcher in den Volkskörper! Macht mir Schande!«

Er hatte kein Schwänzchen, aber er furzte nach jedem zweiten Wort und klapperte mit den Wimpern und bohrte in der Nase.

Kronos verstand sich als wissenschaftliche Kapazität, behauptete, folgende Wissenschaften und Fächer studiert zu haben: Ernährungslehre, Meteorologie, Orthopädie, Chirurgie, die Lehre der Gleichheit von Mensch und Bohne, Moral und Ethik, Schiffsbau, Geodäsie, Vulkanologie, Chemie, Pädagogik, Psychologie, Neurologie, Asthmakunde – manchmal vergaß er einige bei seinen Aufzählungen, aus Bescheidenheit.

Kronos sagte immer die Wahrheit, weil er überzeugt davon war, immer die Wahrheit zu sagen. Ohnehin meinte er, dass ihm niemand etwas anhaben konnte. Die Kreidestimme hatte ihm nicht der liebe Gott geschenkt.

Kronos' einzige Klage lautete: Meine Kinder haben mich nicht verdient, gleichgültig was ich tue.

Er glaubte tatsächlich, ein guter Erzieher seiner Kinder zu sein. Monatelang verbot er ihnen das Sprechen, nur schriftliche Anweisungen erteilte er dann

– Aufräumen! Abwaschen! Leckt mir den Schweiß aus den Achseln!

Er legte Feuer auf die Türschwelle, damit niemand fliehen konnte, er redete wirres Zeug – Euch muss man die Haut in Streifen schneiden!

Tagsüber unterrichtete Kronos die Kinder seiner Nachbarn, er war ein geduldiger Lehrer, ein Konfuzius, der die Liebe zur Natur predigte.

Unter seinen Mitbürgern hatte Kronos viele Verehrer. Hier war endlich einer, der seine Meinung sagte! Außerdem hatte sich Kronos als Ahnenforscher großes Ansehen erworben. Er stand ja fast am Anfang aller Geschlechter, konnte also als Zeuge berichten, wie es früher gewesen war, als er seinen Vater entmannt hatte.

»Oh! Früher! Da wurden die Gegenstände mit der Hand gemacht! Alles echt – ich schwöre bei Hammer, Sichel und Ehrenkranz! Jeder konnte eine Wiese mähen, jeder lernte das frühe Aufstehen! Niemand hätte gewagt, auf der Straße über die eigenen Eltern zu klagen! Die Herkunft war etwas Heiliges! Wir hatten kein Vaterland, das wir verteidigen konnten, wir mussten erst eins aufbauen! Mein erstes Himbeereis aß ich im Alter von vierzehn Jahren, und Prügel bekam ich von meiner Mutter auch! Die Erde zitterte, als ich zur Welt kam, mitten im Bombenhagel! Es ist ein Glück, dass meine Trommelfelle nicht gerissen sind! Wir hatten Mohrrüben und Kartoffeln und sonst nicht viel! In Rucksäcken schleppten wir unsere gesamte Habe auf dem Rücken! Ihr seid unter einem Glücksstern geboren, weil ihr uns als Ernährer habt, meine Magd und mich! Was ihr später mit euren Kindern macht, ist euch überlassen, ihr könnt ja zeigen, ob es euch gelingt, ein Lebenswerk zu hinterlassen! Nur zu, ich würde mich freuen darüber und Bravo! rufen, so dass es durch alle Täler hallt! Zeigt mir, dass ihr so stark seid wie ich, aber vergesst nicht: Ich bin Kronos!«

Kronos kannte seine Nachbarn, die mit ihm im Tal wohnten. Nicht nur in seiner Höhle wusste man eine fröhliche Mahlzeit zu schätzen. So waren die Zeiten, Mutter Erde gebar unter Schmerzen das Menschengeschlecht, mit dem Tod im Nacken.

Die Höhlensiedlung stand auf vulkanischem Gestein.

Kronos lebte im Schatten eines Berges, auf dessen Gipfel sich jahrtausendelang Hexen und Teufel, Dämonen und Geister getroffen hatten, um dann, bei einem letzten Tänzchen zu verdampfen. Kronos besuchte ihre Rastplätze Tag und Nacht, er zählte die Schritte zwischen den steinernen Feuerstellen, von Bergwipfel zu Bergwipfel. Kronos war auch ein berühmter Landvermesser, er ritt auf einem Laubfrosch durchs Gebirge, um die Wanderer mit Späßchen zu unterhalten. Er trug ein Hütchen mit einem Propeller auf dem Kopf, verteilte Bonbons und Schokolade, so dass ihm auch fremde junge Mädchen vertrauten, nicht nur seine Tochter.

So schwer es mir fällt, auch über meine Brüder will ich berichten. Drei waren es, die Kronos' Flüche ertragen mussten. Der Älteste war seinem Wesen nach ein stiller, kluger Tüftler und Bastler, er plante das erste Attentat auf Kronos – und führte es aus! Ein Knabe war er noch, vierzehn Jahre hatte er Kronos' Gebrüll erduldet. Sein jüngerer Bruder half ihm. Sie brachten eine Bergbahn zum Entgleisen. Kronos arbeitete dort als Fremdenführer.

Die Dorfbewohner staunten: »Kronos erzieht seine Brut zu streng, wenn sie ihn jetzt schon meucheln wollen! Die Kinder reichen ihm kaum bis zum Bauchnabel!«

Die Bergbahn wurde repariert, wieder kamen Besucher, um das schöne Dorf zu besichtigen. Für eine Weile schwieg auch Kronos. Seine Tätigkeit als Erzieher unterbrach er zwar nicht, legte sich aber in seiner Höhle häufig in eine Ecke und murrte. An den Mahlzeiten nahm er teil, schweigend. Er guckte uns bloß zur Probe an.

Nach einem halben Jahr schwieg er immer noch. Wir flüsterten miteinander über all die Aufgaben, die weiterhin erledigt werden mussten, das Lüften der Höhle, Schularbeiten machen, Fenster putzen, Messer und Scheren schleifen, Holz hacken, neue Stricke drehen, alte Stricke waschen, Eimer, Schüssel und Pfannen reinigen.

Kronos fragte dann eines Abends, als wir uns schweigend um den Kamin versammelt hatten: »Was ist los, warum redet niemand? Hat jemand schlechte Laune? Hallo! Ihr dürft wieder sprechen! Wer will erzählen, was in letzter Zeit passiert ist? Wer hat sich schlecht benommen?«

Und alles war bald wieder so, wie es schon immer gewesen war.

Bis heute begreife ich nicht, was oder wen Kronos in mir gesehen hat. Hielt er mich für geistig beschränkt? Wenn nicht, weshalb ließ er mich dann entkommen, auf Krücken zwar und schielend. Er entließ mich wohl aus seinen Klauen, weil er glaubte, ich sei von seinem Wesen, mindestens ebenso verfressen, ein schwefliger Verwandter.

Nun, ich wurde älter. Draußen herrschen Glück und Frieden, in meinem Innern nicht. Draußen spielen hungrige Kinder, deren Väter ihnen eine Wippe, eine Schaukel und einen Sandkasten gebaut haben – auf Anweisung des gleichen Amtes, welches die gelben Kärtchen herausgibt. Die arbeitslosen Väter waren ein ganzes Jahr damit beschäftigt, Wippe, Schaukel und Sandkasten zu bauen, denn es mussten Gelder beantragt und Sitzungen organisiert werden. Die arbeitslosen Väter sollten lernen, pünktlich zur Arbeit zu erscheinen, höflich zu telefonieren, sich als Gruppe zu finden, im Arbeitseifer nicht nachzulassen, den Umgang mit Behörden zu trainieren, Verbesserungsvorschläge einzureichen usw. Es waren drei Väter, drei aus unserem Haus, ich kann es bezeugen, denn ich war als Chronist an der Aufbauarbeit beteiligt, ebenfalls auf Weisung des Amtes. Ich schrieb Tag für Tag einen Lagebericht, schon aus Trotz.

Ich entdeckte eines Tages, nachdem ich wochenlang dösend in der Hängematte gelegen hatte, dass ich mir nichts sehnlicher wünschte, als wochenlang faul in der Hängematte zu liegen. Ich träumte von einem stillen, sonnigen Plätzchen und merkte nicht, dass ich an einem stillen, sonnigen Plätzchen in der Hängematte schaukelte. Ich hätte glücklich sein müssen, war aber verzweifelt. Das erschreckte mich. Wenn meine lebenslange Selbstbetrachtung nur zu dem

Wunsch führt, so zu sein, wie ich bin, hätte ich mir das Denken auch ersparen können.

Einmal erstickt man an Bequemlichkeit, wird fett und zersäuft sich die Leber, beim nächsten Mal droht ständig eine Tätigkeit. Mach dies, mach das, mach jenes, und wenn du nicht spurst, dann setzt es was. Guckst du dahin, ist es falsch, weil du woanders hingucken sollst, guckst du lieber gar nicht, um nichts falsch zu machen, ist es auch wieder falsch.

Die hohen Herren von heute wissen das nicht. Hohe Herren sind solche, die wenig wissen, das habe ich oft bemerkt.

Ich glaube dem Nachrichtensprecher im Fernsehen nichts und mir selber noch weniger. Ich weiß zwar, wie Nachrichten zustande kommen, aber weshalb ich denke, was ich denke, weiß ich nicht. Ich sage das nicht aus Bescheidenheit. Ich habe es doch erlebt – in der Hängematte zu schaukeln und verzweifelt davon zu träumen, in der Hängematte zu schaukeln.

Die Worte sprechen in mir ganz von allein, ich höre nur zu. Hallo, da seid ihr wieder! Nicht jeden Tag seid ihr willkommen, macht euch beliebt!

Achtung: Man wird Sie bald verhaften und in die Psychiatrie einweisen. Prägen Sie sich den Wortlaut genau ein! Sehen Sie genau hin! Das Motto lautet: Immer an den Rändern entlang, aber nicht ausrutschen!

Ich gucke hin, bitteschön. Ich sehe brüchige Fingernägel. Ich esse zu wenig Obst. Ich atme Gold, und ich rotze Schätze. Mit Kleinigkeiten möchte ich mich nicht abgeben.

Die Schreiberei betreibe ich noch. Ich muss mir aber nicht mehr beweisen, dass ich mich ausdrücken kann. Ich gönne mir einfach das Vergnügen. Ich klimpere und bastle, aber ich will nichts Ganzes schaffen. Es wäre der Mühe nicht wert. Eine Zeitlang hat es mich gereizt, Gesellschaftsromane zu schreiben. Wie verhalten sich die heutigen Menschen, das hat mich interessiert. Ich habe gelernt, dass man einfach jede geschwätzige Silbe streichen muss, dann merkt man schon, ob man etwas zu sagen hat.

Gleichzeitig ekle ich mich vor dem Schreiben. Ich übe es zwanghaft aus. Alle paar Jahre verbrenne ich meine Aufzeichnungen.

Kafka im Museum: Franz Kafka sitzt in einer Glasvitrine auf einem staubigen Filzpolster, schräg von oben angeleuchtet mit einer 12-Watt-Lampe. Die Kommentare der Besucher scheinen ihn nicht zu stören, mit chinesischer Höflichkeit erträgt er sie:

»Schön hier. Sehr schön. Kafka sieht man gleich, wenn man reinkommt. Kafka war ein Seher. Er schrieb am liebsten im Dunkeln. Er wollte nie verheiratet sein. Seine Schwestern waren nicht so dünn wie er. Kafka war Vegetarier. Er war froh, als er Blut spuckte. Einer wie Kafka konnte nicht alt werden. Stimmt es wirklich, dass es in Kafkas Erzählungen keinen Sinn gibt? Wer sagt denn, dass Kafka immer unglücklich war? Dieses Gesicht konnte nicht lügen. Ob Kafka wohl wusste, was aus ihm mal werden würde? Kafka wusste nicht, dass er Kafka war. Nie hatte er Erfolg. Niemand verstand ihn. Jeden Tag Pferdegetrappel neben der Wand zu hören, würde auch nicht jedem gefallen. Kafka war ein guter Schwimmer. Seine Schwestern liebten ihn. Er schrieb, der Koitus sei die Strafe für das Glück des Beisammenseins. Bei Kafka ist jeder Satz wichtig. Kafka hat einem ganzen Zeitalter den Staub von den Schultern gepustet. Wenn Kafka gewusst hätte, was man mit seinen Briefen und Tagebüchern machen würde, wäre er viel früher gestorben. Heute kann niemand mehr wie Kafka schreiben. Damals wurden die Menschen nicht vom Fernsehen abgelenkt. Hätte Kafka einen Diener gehabt, dann wäre er glücklich gewesen. Niemand konnte Kafka helfen. Kafka war ein hilfsbereiter Mensch. Schriftsteller sind niemals gute Menschen. Kafka war sehr nervös. Er hatte Angst vor Mäusen. Er wollte Bauer werden. Kafka bewunderte Napoleon. Kafka liebte Dampfschiffe mit lauten Sirenen. Er blieb immer ein Kind. Er war viel zu schwach für die Welt. Kafka sah aus wie ein Trottel. Du bist der Trottel! Kafka wollte die Treppe scheuern aus Freude über die Entlassung aus dem Büro. Er bekam einen Lachkrampf, als ihm sein Chef eine Medaille für gute Arbeit überreichte. Kafka zeichnete abgehackte Finger. Man muss eben hingucken. Kafka war Jude. Juden sind empfindlich. Kafka turnte im Harz nackt auf einer Wiese. Die Häuser waren feucht, viele Leute starben an Tuberkulose. Kafka war ein Prärie-Reiter, aber einer mit gekämmten Haaren. Kafka wusste, wie Kaiser Wilhelm nackt aussah. Kafka konnte froh sein, dass er nicht nach Auschwitz musste. Kafka soll einen Sohn gehabt haben. Verglichen mit Kafka sind viele andere Menschen graue Mäuse, er aber wollte sich verstecken. Kafka schrieb immer mit der Hand. Kafka war unter seinen Kollegen beliebt. Kafka kämpfte nur gegen sich selbst. Er sollte eine Fabrik leiten. Kafka liebte alte Huren mit schlaffen Brüsten. In Paris vergaß er seinen Hut im Bordell. Wo sollte er sich auch zu Hause fühlen, ohne eigene Wohnung? Wenn jeder Schriftsteller solch eine Gewissensstärke hätte wie Kafka, würde es kaum noch Bücher geben. Kafka wusste, dass es unmöglich ist, sich selbst nicht zu belügen. Die nützlichste Erfindung waren seiner Meinung nach Ohrenstöpsel.«

»Feierabend für heute. Morgen gibt's wieder Kafka.«

Ich liege vor dem Fernseher.

Ein Mann, Mitte dreißig, hat einen Taxifahrer verprügelt. Der Taxifahrer hat den Mann in einer Talkshow gesehen und auf diese Sendung angesprochen.

Zur Information der Zuschauer werden Auszüge aus der Talkshow gezeigt. Das Thema der Sendung hieß: *Fehlt dir Zärtlichkeit?*

»Zärtlichkeit, unser Thema ist Zärtlichkeit, wir reden heute über Zärtlichkeit«, brüllt der Moderator ins Publikum, und die Zuschauer trampeln mit den Füßen. »Wir reden heute über die intimsten Seiten Ihres Lebens! Mit kompetenten Fachleuten im Studio! Unsere Gäste: ein Psychologe, ein Pfarrer, eine Lehrerin. Wir haben Überraschungsgäste. Eine Mutter, die uns erzählen wird, weshalb sie ihr Kind nicht umarmt. Ich umarme mein Kind nicht gern, herzlich willkommen Sabine. Sabine, bist du eine schlechte Mutter? Viele Zuschauer werden empört sein über deine Aussage. Lassen wir Sabine antworten. Sabine, was meinst du, bist du eine schlechte Mutter? Du hast eine Tochter, Daniella, wir zeigen hier ein Foto von ihr. Das ist doch eine süße Tochter?«

»Ich bin von Natur aus kein zärtlicher Mensch. Das habe ich im Krankenhaus nach der Entbindung gemerkt. Die Hebamme wollte mir Daniella auf den Bauch legen. Aber ich wollte sie nicht anfassen. Erst soll man das Kind mal abwischen, sagte ich. Die Hebamme sagte, so etwas hätte sie noch nie erlebt.

Meistens schreit das Kind, dann fehlen mir die Nerven für Schmusereien.«

»Alle Babys schreien mal, Sabine.«

»Meine Mutter sagt, ich hätte als Baby wenig geschrien.«

»Sabine, wir würden gern deine Tochter fragen, ob sie deine Zärtlichkeit vermisst, aber sie ist noch zu jung fürs Fernsehen, habe ich Recht?«

»Sie ist jetzt sechs.«

»Sechs Jahre – hoffen wir, dass sie dir später keine Vorwürfe machen wird. Und jetzt unsere Frage an das Publikum: Fehlt uns Zärtlichkeit? Wir möchten von Ihnen wissen: Wann haben Sie zum letzten Mal einen Menschen umarmt und wann sind Sie zum letzten Mal umarmt worden? Den Partner, die eigenen Kinder, wen auch immer. Vier Antworten haben Sie zur Auswahl: A, in den letzten drei Tagen, B, im letzten Monat, C, innerhalb des letzten Jahres, D noch nie. Dreißig Sekunden Zeit. Auch die Antwort D ist möglich. Vielleicht ist jemand unter uns, der noch nie im Leben umarmt wurde? Bitte, lachen Sie nicht. Alles ist möglich. So, wir sehen uns das Ergebnis an. Antwort A: zwanzig Prozent. Also jeder fünfte Zuschauer im Saal. Antwort B: vierzig Prozent. Antwort C: achtunddreißig Prozent. Im letzten Jahr.

Fragen wir unseren Psychologen. Wie interpretieren Sie das Ergebnis? Fehlt uns Zärtlichkeit?«

»Viele Menschen vermissen Zärtlichkeit. Die Alten in den Pflegeheimen. Vernachlässigte Kinder. Aber das Ergebnis der Abstimmung zeigt auch, dass viele Menschen die Zärtlichkeit pflegen. Die Menschen heute sind nicht weniger zärtlich zueinander als früher.«

»Tja, unseren Kopfrechnern wird aufgefallen sein, es fehlen zwei Prozent, zwei Prozent für die Antwort D. Zwei Personen im Saal geben an, sie hätten noch nie im Leben mit jemandem Zärtlichkeiten ausgetauscht, seien nie umarmt worden. Sabine, hier könnte auch deine Tochter einmal sitzen. Was sagt unser Psychologe dazu? Welche Folgen hat ein Leben ohne Zärtlichkeit?«

»Ein Kind, das nie umarmt wurde, wird nur beschränkt entwicklungsfähig sein. Die Seele nimmt Schaden. Das zeigen alle psychologischen Untersuchungen.«

»Antwort D, zwei Personen. Das überrascht mich. Bei Antwort D hatten wir eigentlich mit einer Null gerechnet. Es gibt zwei Personen im Saal, die behaupten, sie hätten noch nie mit jemandem Zärtlichkeiten ausgetauscht. Eine Kindheit ohne Zärtlichkeit? Eine Jugend ohne Liebe? Wie ist das möglich? Bitte, wer möchte von seinen Erfahrungen berichten? Wer hat Antwort D gedrückt? Möchten diese Zuschauer sich zu erkennen geben? Kommen Sie, seien Sie mutig, dieser Schritt wird ihr Leben verändern. Wir wissen sowieso, auf welchen Plätzen Sie sitzen, das können wir jetzt verraten. Also bitte, niemand braucht sich für diese Antwort zu schämen.

Platz dreizehn, darf ich Sie zu mir bitten? Sie heißen? Siegfried. Siegfried, dieser Name sollte Ihnen Stärke geben. Frage an unser Publikum: Wer möchte Siegfried spontan umarmen? Kommen Sie, wir gehen gemeinsam auf die Bühne, man wird etwas schwach in den Knien, wenn man all diese lieben Menschen sieht, nicht wahr, Siegfried? Unsere Kandidatin aus dem Publikum heißt? Helga. Applaus für Helga, Applaus für die Umarmung. Och, ist das schön. Siegfried, wie fühlst du dich jetzt? Besser? Lassen wir Siegfried einen Moment Zeit, dieses Erlebnis zu verarbeiten. Unser nächster Gast heißt? Thomas, du hast dich entschieden für die Antwort D. Erkläre unserem Publikum, wie es dazu gekommen ist, dass du noch nie im Leben umarmt worden bist. Thomas, ich möchte der erste Mensch sein, der dich umarmt. Thomas, das ist auch in meinem Leben ein großer Moment. Thomas, jetzt bist du hier, stehst vor einem Millionenpublikum. Damit hast du heute nicht gerechnet? Du kanntest aber das Motto der Sendung: Fehlt dir Zärtlichkeit? Mit kompetenten Fachleuten im Studio. Ein Psychologe, ein Pfarrer, eine Lehrerin, und eine Mutter, die gesteht: Ich habe mein Kind noch nie umarmt! Ich verstehe, Thomas, jetzt ist Ihnen nicht nach Reden zumute. Vielleicht fragen wir jetzt einen Fachmann für die Seele, unseren Pfarrer.«

Ich bummelte durch die Stadt. In einem Café setzte ich mich ans Fenster. Draußen gingen einige Männer vorbei, die gelbe Sombreros trugen. Ansonsten waren sie unterschiedlich gekleidet.

Am Nachbartisch saßen drei Frauen. Zwei von ihnen studierten den Stadtplan. Die dritte bekam einen Eiskaffee serviert.

»Wenn die Straße nicht im Verzeichnis steht, wird sie auch nicht auf dem Stadtplan zu finden sein«, sagte die eine.

»Kann denn eine Straße verschwinden?« fragte die andere.

»Ich weiß nur, dass wir das Geschenk abgeben müssen«, sagte die erste.

»Aber wo sollen wir es abgeben, wenn die Straße nicht da ist?« fragte die zweite.

Sie guckten mich an.

Ich fragte, ob ich helfen könne.

Die Frau mit dem Eiskaffee meinte, auf diese Frage habe sie schon lange gewartet.

»In den letzten Jahren wurden viele Straßen umbenannt«, sagte ich.

»Ich sagte dir bereits, wir brauchen einen neuen Stadtplan.

Wer kann denn wissen, dass ausgerechnet diese Straße fehlt?«

»Sie fehlt nicht, sie wurde umbenannt.«

»Umbenannt, umbenannt, werden hier alle Straßen umbenannt?«

»Was ist es denn für ein Geschenk?«, fragte ich.

»Das wissen wir auch nicht«, antworteten sie alle drei.

»Kann es zerbrechen, ist es schwer, ist es leicht?«

»Es ist leicht und kann nicht zerbrechen. Wir sollen es persönlich abgeben.«

»Dann hilft nur ein neuer Stadtplan«, sagte ich.

Sie bezahlten ihre Rechnung und verabschiedeten sich.

Gespräch am Nachbartisch.

»Ich möchte so sein, wie ich mich fühle, aber das kann ich nicht. Ich hoffe, dass ich mich morgen besser fühle. Ich kann nie vorhersagen, wie ich mich am nächsten Tag fühlen werde.«

»Wenn ich mich schlecht fühle, fühle ich, wann ich mich wieder besser fühlen werde.«

»Ich fühle mich in letzter Zeit insgesamt etwas besser.«

»Machst du noch Yoga?«

»Nicht mehr. Ich bin zu faul. Worauf soll ich denn warten? Auf den Mister Ich-treffe-aus-der-Hüfte? Ein Mann soll nicht riechen, mehr erwarte ich nicht. Meine Kakteen kann ich auch alleine gießen.«

»Wenn der Richtige kommt, wirst du schon anbeißen.«

»Keiner hat Fantasie. Einer hat mir geschrieben und vorgeschlagen, wir sollten unsere Kindergeburtstage nachfeiern, wir sollten alle Geschenke, an die wir uns erinnern können, noch einmal kaufen. Dann sollte ich eine Erklärung über meine finanzielle Unabhängigkeit unterschreiben.«

Sie trat ins Café.

»Du wieder«, sagte sie.

Wir hatten uns drei Jahre nicht gesehen. Sie setzte

sich, zog eine Grimasse, guckte zu den Frauen, die vor dem Café wieder den Stadtplan studierten.

»Warum sitzt du hier?,« fragte sie. »Die Luft ist verraucht. Die Tischplatte klebt. Du sitzt in der schmutzigsten und dunkelsten Ecke. Draußen scheint die Sonne.«

Ich guckte aus dem Fenster.

»Hast du schon wieder Bekanntschaft geschlossen?«

»Sie wollten eine Auskunft.«

»Was für eine Auskunft? Welche hat dir gefallen?«

»Keine.«

»Also wahrscheinlich alle drei.«

Sie streifte ihre Kette ab und fragte: »Weißt du, wer mir diese Kette geschenkt hat? Ich verrate es dir nicht!«

»Wahrscheinlich dein neuer Verehrer.«

»Ich habe keinen neuen Verehrer! Meine Mama! Falls wir uns nicht mehr sehen, bekommst du dieses Geschenk, hat sie gesagt.«

Sie bestellte Milchkaffee und zündete sich eine Zigarette an.

»Ordnest du deine Bücher immer noch nach Farben?« fragte ich.

»Lachst du über mich? Ich liebe Farben, das weißt du.«

Sie schlürfte den Schaum vom Milchkaffee, pustete Schaum vom Löffel ins Glas, drückte gleichzeitig die Zigarette im Aschenbecher aus.

»Mit dir war ich glücklich, als ich Geburtstag hatte«, sagte sie.

Sie hatte zwei ihrer Ex-Freunde eingeladen und mich. Ein dritter Ex-Freund, mein Vorgänger, war als Überraschungsgast gekommen.

Sie stellte ihn vor.

»Ihr seid euch ähnlich«, sagte sie.

»Du verwechselst sogar unsere Namen«, sagte ich.

»Das stimmt. Zu dir sage ich oft Klaus. Klaus, was sagst du dazu?«

»Mich hast du in den ersten Monaten immer Michael genannt«, sagte er.

Michael lachte.

»Ich verwechsle meine Männer, weil mir vieles noch weh tut aus den Beziehungen, ich möchte die gleichen Fehler nicht wiederholen. Jeder von euch hat gesagt, mein nächster Freund wird glücklich sein, wenn ich meine Fehler nicht wiederhole. Michael ist mir bis heute als einziger treu geblieben. Er besucht mich, hängt mir Gardinen ans Fenster, fährt mich zur Bibliothek, nachts kann ich ihn anrufen.«

»Hallo? Typisch für dich, du langweilst dich mit mir.«

»Weshalb sollte ich mich langweilen, ich gucke dich an. Außerdem versuche ich, mich an einen Satz aus deinem Tagebuch zu erinnern.«

»Deine Ruhe bringt mich um. Dein eigenes Kind könnte neben dir ertrinken, du würdest zugucken.«

Als sie ein Baby war, hatte sich in ihrem Kopf etwas entzündet.

Sie rauchte.

»Du kannst mich natürlich anrufen, wenn du willst« sagte sie.

»Grüß deinen Kater.«

»Der Kater war nur ein Gasttier, das hast du offenbar vergessen. Welche Frau soll es bloß mit dir aushalten?«

Sie winkte der Kellnerin.

»Ich könnte mir jederzeit einen Mann ins Haus holen. Bist du froh, mich loszuwerden?«

»Ziemlich.«

»Früher hast du mir Geschichten vorgelesen, erinnerst du dich? Du hast so leise gesprochen, dass ich zum Ohrenarzt gegangen bin, weil ich dachte, ich kann nicht hören. Der sagte, es sei alles in Ordnung, ich solle mir einen neuen Freund suchen.«

»Warum denkst du eigentlich so schlecht über mich?«

Die Kellnerin legte die Rechnung auf den Tisch, gab das Restgeld raus, stellte die leeren Tassen übereinander, wischte mit dem Lappen über die Tischplatte.

»Ich denke nicht schlecht über dich«, sagte ich.

»Du lügst mit jedem Wort.«

»Gut, dann geh jetzt.«

Sie zog ihren Mantel an. Mit einem Wangenkuss verabschiedeten wir uns.

»Vergiss meine Telefonnummer!«, rief sie.

Sie kam zurück, legte ihren Mantel über die Stuhllehne, setzte sich wieder.

»Vermisst du mich schon?«, fragte ich.

»Draußen regnet es«, sagte sie. »Du wirst meine Gesellschaft noch ertragen müssen.«

Sie spielte mit ihren Fingernägeln *Hänschen klein* auf der Tischplatte.

»Stock und Hut, dir fehl Mut, wieder mit mir zusammen zu sein«, sang sie.

»Stimmt«, sagte ich.

»Keiner hält es mit mir aus. Nur ich liebe mich. Das ist schade. Ich finde nicht, dass ich unerträglich bin. Ich bin doch ein interessanter Mensch. Früher wollte ich wie Ernst Thälmann werden, willensstark und kräftig. Dann durchschaute ich, dass ich belogen wurde. Ich wollte von Politik nichts mehr wissen. Ich freute mich über die neuen Gerüche, als die Mauer fiel. Ein Land, in dem es so gut riecht, kann nicht schlecht sein, dachte ich. Heute spende ich mein Blut, um mir ein S-Bahn-Ticket kaufen zu können. Alles ist vom Zufall abhängig. Ich könnte Kartenlegerin werden, aber meine Freunde haben nicht genug Geld, um mich zu bezahlen. Sag mir noch etwas zum Abschied.«

»Du siehst immer noch zehn Jahre jünger aus, als du bist«, sagte ich.

»Du weißt genau, womit du mir schmeicheln kannst, aber ich falle auf deine Komplimente nicht mehr herein. Jetzt hat der Regen aufgehört, und ich werde dich allein lassen.«

»Es hat zwar nicht geregnet, aber ich wünsche dir einen trockenen Heimweg.«

Sie zog ihren Mantel an und ging.

Ich will der Fliege, die so frech am Käse nascht, Hufeisen anlegen! Ich will ihr die Flügel putzen, sie satteln und mit ihr davonfliegen! Und wenn sie nicht willig ist, so brauch ich Gewalt!

Sie notiert diese Wünsche, um sie nicht zu vergessen. Sie notiert weiter: Henry James reist als Erzieher von Shakespeare-Soldaten nach Lettland. Das war der Anfang des Traums, den Rest habe ich vergessen! Dann sagt sie: Jetzt bin ich zufrieden mit meinem Tagwerk. Sie haucht auf den Spiegel, der vor ihr auf dem Küchentisch steht. Sie spielt: Lippentanz, Tango, Twist und Walzer. Meine Lippen schmirgeln aufeinander, notiert sie. Je nachdem, ob Feuchte oder Trockenheit auf ihnen herrscht. Sie schiebt den Bademantel von ihren Schultern. Sie rekelt sich und streckt die Zunge heraus. Heute erzähle ich mir, dass ich ein schönes Kind war, sagt sie. Ich war ein schönes Kind. Alle Menschen waren gut zu mir. Ich war die beste Schülerin, alle Lehrer hatten mich gern. Alle Jungs waren verliebt in mich. Sie pfeift und sagt: Ich sehe dämlich aus. Mein IQ ist niedriger als der eines Meerschweinchen. Kleine Leute verlieren immer. Blauhemden, sagt sie, haben meine Seele zerkratzt. Kritzekratze, ritzeratze. Was sagst du dazu? Sie tippt mit dem rechten Zeigefinger auf ihre Nasenspitze im Spiegel.

Du billiger Glasstein! Wasch dich! In der Toilette riecht es wie im Stall! Lach nur, lange lachst du nicht mehr. Sie streckt ihre Hand aus, greift nach der Blumenvase, riecht an den Nelken, sagt: »Betörender Duft. Guten Tag, Erster Mai!«

Es zog mich nach Osten. Ich guckte im Fahrplan nach, welcher Zug weit in die russische Provinz fuhr. Dann besorgte ich die nötigen Dokumente und kaufte eine Fahrkarte.

Zwei Tage brauchte der Zug bis an die Wolga. Gardinen hingen vor den Fenstern, das Teewasser wurde mit Kohlefeuer erhitzt.

Heiliger Boden erwartete mich. Eine Frau sollte mich vom Bahnhof abholen. Sie war mir empfohlen worden.

Sie stand im Schnee und wartete. Ihre Fingernägel waren mit einem Rot lackiert, das in den Augen schmerzte. Sie trug einen kurzen Rock, ihre Beine waren mit einer dünnen Strumpfhose bedeckt. Ich fror im Wintermantel.

»Dobri vetscher«, sagte ich.

Sie guckte auf den Boden, auf die Füße der Leute, die durch den Schnee stapften.

»Frieren Sie nicht?«, fragte ich.

Sie kratzte mit der Stiefelspitze ein Dreieck in den Schnee und nickte, als ich vorschlug, ein Taxi zu suchen.

Die Häuser auf dem Bahnhofsvorplatz leuchteten flamingorosa und tintenblau. In der Mitte stand das Denkmal des eisernen Feliks. Der Verdiente Mörder des Volkes hatte sein Gesicht der Stadt zugekehrt. Marktfrauen verkauften Strümpfe, Bonbons und Fische. Svetlana redete mit einem Taxifahrer.

Der klopfte mir auf die Schulter, bevor er meine Tasche ins Auto lud.

»Herzlich Willkommen!«, sagte er.

Der alte Moskwitsch schlingerte in den Spurrinnen.

Der Fahrer erzählte, was er über Deutschland alles wusste.

»Das deutsche Bier ist das beste Bier der Welt. Deutschland wird gut regiert. Die Polizei ist nicht korrupt. Alle Arbeiter bekommen pünktlich ihren Lohn. Die Deutschen sind intelligent, weil sie im Fußball gewinnen. Die Straßen sind sauber, es gibt keine Schlaglöcher. Die Deutschen können aber die Russen nicht leiden.«

Spielkasinos, Banken und Schuhläden wechselten einander ab. Ein Lenin-Denkmal stand neben der Börse. Lenins Zeigefinger wies bedrohlich nach unten.

Svetlana zeigte mir die Wohnung, die sie für mich gemietet hatte. Zwei Zimmer, Küche, Bad. In der Küche hing ein Radio, mit dem man nur einen Sender empfangen konnte.

Svetlana setzte sich an den Tisch und schwieg. Ich überreichte ihr Geschenke. Wir tranken Wein.

Am Morgen brauchte sie eine Stunde, um das Gesicht zu pudern und sich zu schminken.

Ich liebe starke Farben, sagte sie.

Sie trug einen roten Rock, rote Strumpfhosen und eine weiße flauschige Jacke aus Kunstfasern. In der Stadt drehten sich die Leute nach ihr um und lachten.

Sie erzählte, schon in der Kindheit hätten die Mitschüler über sie gelacht, über ihre Größe und ihre tiefe Stimme. Sie habe die Stimme ihres Vaters geerbt. An das Lachen der Leute sei sie gewöhnt, es würde ihr etwas fehlen, wenn es ausbliebe. Ihr Vater sei ein stadtbekannter Trinker. Ein Gericht habe ihm den Umgang mit ihrer Mutter verboten, aber er lebe noch in der gemeinsamen Wohnung.

Am Abend schliefen wir miteinander. Unter der Schminke war ihr Gesicht voller Sommersprossen. Ihre Brüste hatten auf dem Foto größer ausgesehen.

Sie erzählte, dass die russischen Männer keinen Stil hätten, dumm und grob wären. Die Frauen müssten die Arbeit machen, fürs Essen sorgen, die Kinder erziehen, dem Mann den Lohn stehlen, damit er ihn nicht vertrinke.

Ich nannte ihr eine Zahl, die ich gelesen hatte: »Jährlich werden vierzehntausend Ehefrauen in Russland von ihren Männern ermordet.«

»Das stimmt!«, sagte sie. Man merke gleich, dass ich ein höflicher und rücksichtsvoller Mann sei, dass ich eine Frau niemals schlagen würde.

Wir aßen Pralinen und tranken Schampanskoje. In der Küche liefen Kakerlaken über den Tisch und über den Spülschrank, es waren zu viele, um sie zu zerdrücken. Ich taufte drei besonders hartnäckige Kakerlaken auf die Namen Igor, Ivan und Natascha. Natascha wackelte mit dem Hintern, und die beiden Jungs folgten ihr.

Svetlana erzählte, dass in der russischen Armee jeder, der Offizier werden wolle, einen Potenztest absolvieren müsse. Eine dürftig bekleidete Frau, die »keinerlei Defekte aufweist«, stolziere vor den nackten Schülern auf und ab. Bei wem sich nichts tue, der könne gleich wieder nach Hause fahren. Ein impotenter Mann ist gefährlich und soll keine Waffe tragen.

»Bei uns gibt es zu viele Verrückte«, sagte sie. »Für die Armee braucht man gesunde Männer. Ein Mann muss mit jeder Frau schlafen können.«

Sie wollte wissen, welche Bücher ich in der Kindheit gern gelesen hatte.

Ich erzählte ihr von Makarenko. Sie hatte den Namen noch nie gehört.

»Hast du keine fröhlichen Bücher gelesen? Nur Bücher aus dem schrecklichen Russland?«

Ich erzählte ihr von *Paul allein auf der Welt*. Paul wacht eines Morgens auf, niemand ist im Haus, niemand ist auf der Straße, niemand in der ganzen Stadt. Paul ist so allein, wie man nur allein sein kann. Alles gehört jetzt ihm, der Kuchen beim Bäcker, die Straßenbahn, der Park, der Spielplatz, das Geld in der Bank. Niemand kann ihm mehr verbieten, den Rasen zu betreten. Sogar ein eigenes Flugzeug besitzt Paul, denn auch auf dem Flugplatz ist niemand außer ihm. Und weil Paul sich ein bisschen langweilt, fliegt er zu den Sternen. Er kracht gegen den Mond, der Mond zerbricht, Paul fällt auf die Erde. Er wacht auf und schleicht sich zum Bett seiner Eltern.

Svetlana schimpfte über den Schmutz auf den Wegen, über die Müllkippen in der Stadt, über die Autofahrer, die den Fußgängern fast in die Beine fuhren. Vor jedem Schritt suchte sie auf dem Boden nach einer trockenen Stelle.

Die neuen Stiefel, die sie von meinem Geld gekauft habe, müsse sie sicher bald zur Reparatur bringen, meinte sie.

»Du hast diese Stiefel von meinem Geld gekauft?«, fragte ich.

Die Wohnung sei etwas billiger gewesen, als man ihr anfangs gesagt habe, antwortete sie. In Russland sei es üblich, dass der Mann für die Frau die Kleidung kaufe.

»Sind wir verheiratet?«, fragte ich.

Sie stampfte mit dem Fuß auf den Boden und schrie, ich solle ihr nicht misstrauen, sie werde mir zeigen, dass sie eine ehrliche Frau sei.

»Heute Nacht schläfst du wieder in deiner Wohnung«, sagte ich.

Sie blieb stehen, ich ging weiter. Bald stand sie vor meiner Tür und weinte.

»Jetzt brauchst du mir nur noch das restliche Geld zurückzugeben«, sagte ich.

»Es ist kein Geld mehr da«, sagte sie, »ich habe Bettwäsche gekauft, außerdem ein Glas Gurken, Brot und ein Stück Butter.«

Der Kauf der Stiefel täte ihr leid. Sie habe sich zu sehr geschämt, mich in ihren alten Schuhen zu begrüßen.

Ich meinte, wir sollten uns einige Tage nicht sehen.

Sie schrie, es hallte durchs Treppenhaus.

»Ruf mich an, wenn du dich beruhigt hast«, sagte ich und schloss die Wohnungstür.

Am nächsten Morgen lag ein Brief auf dem Abtreter.

Sie werde die Miliz holen oder mit einigen Freunden wiederkommen und alles ihrer Mutter erzählen. Sie habe die Verantwortung für mich übernommen, ich sei ein Ausländer, der sich ohne polizeiliche Anmeldung in der Stadt aufhalte.

Wir trafen uns auf dem Marktplatz.

»Warum willst du mich nicht in die Wohnung lassen?«

»Weil du schreist«, sagte ich.

Sie schrie, sie könne überall schreien.

»Dann werde ich auch schreien, und zwar lauter als du, verstehst du mich?«, schrie ich.

Sie trug keine Stiefel mehr, sondern Turnschuhe, die schlammbespritzt und durchnässt waren.

Alles sei nur ein Missverständnis, meinte sie.

»Du drohst mir mit der Miliz. Das nennst du ein Missverständnis?«

Eine Frau in einem speckigen Anorak stellte sich neben uns und fragte mich nach der Uhrzeit. Ich gab ihr die gewünschte Auskunft. Die Frau dankte und ging.

»Ich möchte dich jeden Tag sehen, dir die Stadt zeigen und dir beim Einkaufen helfen«, sagte Svetlana.

»Vielen Dank«, sagte ich, »wenn ich deine Hilfe brauche, werde ich es dir sagen.«

Die Frau, die nach der Uhrzeit gefragt hatte, kam zurück. Sie stellte sich wieder neben uns, sagte etwas auf Russisch, das ich nicht verstand.

»Was will diese Frau?«, fragte ich.

»Sie ist meine Mutter«, sagte Svetlana.

Ich begrüßte die Mutter und fragte, weshalb sie mich nach der Uhrzeit gefragt habe.

»Sie wollte erst sehen, ob wir uns streiten«, sagte Svetlana.

Die Mutter meinte, ihre Tochter sei manchmal etwas temperamentvoll, aber sie sei ein gutes Mädchen. Ich solle Geduld mit ihr haben, da ich der erste Ausländer sei, den sie treffe.

»Warum fragt mich deine Mutter nach der Uhrzeit, statt mir zu sagen, wer sie ist?«

»Was sagt er?«, fragte die Mutter.

Svetlana übersetzte.

»Meine Tochter hat mir von Ihren Problemen erzählt. Vielleicht kann ich helfen? Sie sollten in unserer Stadt nicht allein spazieren gehen, es ist zu gefährlich, besonders am Abend, besonders hier in diesem Viertel.«

Sie zeigte auf eine Gruppe junger Männer, die nur einige Meter entfernt standen, Sonnenblumenkerne kauten und zu uns herüberguckten.

»Svetlanas Freunde?«, fragte ich.

»Ich kenne diese Männer nicht«, sagte Svetlana. »Aber bei uns sind alle Männer gefährlich.«

Die Mutter hatte nur noch wenige Zähne. Sie sagte, sie wolle mir in die Augen sehen, ich solle mich doch zu ihr hinunterbeugen.

»Du hast kluge Augen«, sagte sie. »Meine Tochter ist ein guter Mensch. Sie ist keine Diebin. Sie wird arbeiten und das Geld für die Stiefel zurückgeben. Sie möchte sich auch in Zukunft mir dir treffen.«

Ich sagte, ich sei mit gelegentlichen Treffen einverstanden, in der Stadt oder in einem Café.

Die Mutter umarmte mich, küsste mich auf die Stirn und meinte nochmals, ich sei ein guter Mensch. Svetlana fragte, ob sie mich zu meiner Wohnung begleiten dürfe.

»Nein«, sagte ich, »ich finde den Weg.«

Dann spazierte ich auf dem Boulevard. Ein Mann im Trainingsanzug sang ein paar Töne aus einer Opernarie, er bekam Geld dafür und hüpfte davon. Fast alle Leute waren schwarz gekleidet. Die Gaukler hatten es schwer, jemanden zum Lachen zu bringen, niemand wollte im Schneematsch Samba tanzen oder Luftballons kaufen.

Es roch nach gebrannten Nüssen. Ein schrilles *Herzlich Willkommen*! ertönte aus einem Kaugummi-Automaten.

Im Restaurant wurde der Schampanskoje warm serviert. Die Kellnerin schlug vor, Eiswürfel in das Glas zu geben, um ihn zu kühlen.

Ein Mann setzte sich an meinen Tisch, wollte mir Neuigkeiten über die Stadt erzählen, wie er sagte. Lange redete er auf mich ein. Schließlich formulierte er sein Anliegen. Er sei Croupier von Beruf, sein Traum sei es, wieder in einem Kasino zu arbeiten, ob ich ihm helfen könne bei der Suche nach Arbeit.

»Ich kann Ihnen nicht helfen«, sagte ich.

Er spitzte die Lippen.

Er könne mir ein Geschäft vorschlagen.

»Das wäre?«

»Für dieses Geschäft müssten wir uns besser kennen«, meinte er.

Er lud mich in sein Haus ein, kündigte Selbstgebrannten an. Über das Geschäft wollte er nichts Genaueres verraten. Dann ging er.

Am Nachbartisch saß eine Frau, sie las eine deutsche Zeitung, wir kamen ins Gespräch. Sie arbeitete als Sekretärin in unserer Diplomatischen Vertretung.

Sie bestellte heiße Zitrone und erzählte vom letzten Treffen mit ihrer Schneiderin. Auf die russischen Männer war sie nicht gut zu sprechen.

»Die laufen nur den Püppchen nach. Aber alle erwarten, von ihren Männern betrogen zu werden. Deshalb möchte ich nicht mit ihnen tauschen.«

Sie sei auch benachteiligt beim Flirten, weil sie eine Brille trage.

»Frauen verzichten lieber aufs Sehen, als Brillen zu tragen. Ständig rempeln mich auf der Straße blinzelnde Frauen an!«

Sie schaute sich um, zeigte auf zwei Frauen, die mit zusammengekniffenen Augen nach freien Plätzen suchten.

»Die armen Frauen, sie würden alles für einen guten Mann tun, sie würden ihn Tag und Nacht verwöhnen! Wenn eine Russin liebt, hört sie nicht auf zu lieben, das muss man anerkennend sagen. Die

Männer sind furchtbar, verglichen mit ihnen. Große Redner sind die wenigsten. Ich finde hier keinen Anschluss.«

Es war ihre erste Arbeitsstelle im Ausland.

Sie habe Anspruch auf psychologische Betreuung, erzählte sie.

Sie lud mich für den nächsten Tag zu einem Experten-Treffen in die Diplomatische Vertretung ein. Kulturarbeiter und andere wichtige Leute wollten sich zu Beratungen treffen, um einen Karnevalsumzug vorzubereiten.

Noch habe die Stadtregierung den Umzug nicht genehmigt, es werde aber weiterhin dafür gekämpft. Zwei Straßen sollten für den Autoverkehr gesperrt werden, eine Stunde lang.

Ich sagte meine Teilnahme zu.

Das Experten-Treffen fand am Nachmittag statt. Der Chef der Diplomatischen Vertretung forderte die Schulen und Universitäten auf, sich am Festumzug zu beteiligen. Er bat die Behördenvertreter und die Verkehrspolizei um Unterstützung.

»Und wer räumt anschließend den Müll weg?«, fragte eine deutsche Lehrerin.

Lange Pause, alle schwiegen. Die Frau merkte, dass von ihr keine weiteren Äußerungen erwartet wurden. Der Diplomat erklärte dann das nächste große Projekt, die Gründung eines Deutschen Hauses.

»Sie ist die Mutter schrecklicher Kinder«, flüsterte meine Nachbarin. »Ihr Mann sitzt neben ihr. Ich nenne die beiden Will-ich-nicht und Kann-ich-nicht.«

Unter dem Tisch drückte sie meine Hand.

»Hannelore«, flüsterte sie. »Eine schöne Blamage ist das wieder.«

Ein Vertreter des russischen Kulturministeriums erklärte, er unterstütze die deutschen Freunde in ihrem Vorhaben. Man werde gemeinsam für die Gründung eines Deutschen Hauses kämpfen.

Der Diplomat bedankte sich. Die Aufgaben wurden verteilt, ein neuer Termin vereinbart.

Hannelore erzählte im Café, dass sie von allen Deutschen, die hier lebten, die Fleißigste sei. Sie löste den Zucker im kapuchino franzuskij auf, zündete sich eine Zigarette an, lachte, telefonierte, entschuldigte sich für die Aufregung, die sie verbreite.

Auf der Straße hätte ich sie für eine Russin gehalten mit ihrem blonden Haarkranz. Sie war größer als ich, zog aber den Kopf ein, krümmte den Rücken schon aus Gewohnheit. Ich versuchte, mir ihre Sonntagnachmittage in der Kindheit vorzustellen.

»Ich habe eine Krise hinter mir«, erzählte sie. »Vor kurzem habe ich einen dramatischen Tag überlebt. Meinen fünfunddreißigsten Geburtstag. Die Jugend ist jetzt vorbei. Mein Verlobter will ein Kind von mir, während ich froh über meine erste Arbeitsstelle bin. Ich könnte jemanden gebrauchen, der Ordnung in mein Leben bringt. Du hast bestimmt Geduld im Umgang mit Kindern. Für mich ist es fast zu spät, den richtigen Mann zu finden. Neuerdings falle ich meist auf jüngere Männer rein. Der Jüngste war achtzehn, ein Schüler von mir. Den Letzten musste ich erst entjungfern. Er wurde sehr anhänglich und schämte sich für sein Alter, wie süß. Findest du das schlimm? *Ungewöhnlich* ist das richtige Wort dafür. Ich möchte endlich ein normales Leben führen. Ich nehme die Männer nur noch heimlich mit in meine Wohnung, damit der Vermieter mir nicht kündigt. Die Russen haben strenge Moralvorstellungen. Hier sollst du gleich heiraten. Jetzt brauche ich einen Wodka. Wahrscheinlich werde ich meine Haare rot färben, blond gefällt mir schon lange nicht mehr. Meine Mammutschka hat schreckliche Angst, dass mir hier etwas passieren könnte. Das Komische ist, hier passiert eigentlich nichts Gefährliches.«

Ihr Telefon klingelte. Eine neue Nachricht. Sie antwortete.

»Will-ich-nicht und Kann-ich-nicht laden mich auf eine Party ein.«

»Und du gehst hin?«

»Ich sage doch, in meinem Leben herrsch Chaos.«

Ein Mann klopfte an die Fensterscheibe, ging dann mit einem Lächeln weiter.

»Mein erster Freund hier«, meinte sie. »Er war zu faul, meine Tasche zur Bushaltestelle zu tragen, obwohl sein Büro nur hundert Meter entfernt lag. Erklär mir doch, welche Fehler ich mache! Will-ich-nicht und Kann-ich-nicht werden gucken, wenn sie uns zusammen sehen. Hilfst du mir bei der Vorbereitung eines Seminars? Welche Liebespaare gibt es in der Weltliteratur? Die Studenten lesen zu wenig. Sie haben dafür keine Zeit. Na? Liebespaare in Romanen der Weltliteratur.«

»Rogoschin und Nastasja Filippovna.«

»Wer ist das?«

»*Der Idiot*. Dostojevskij. Oder Lolita und Humbert Humbert.«

»Sind sie ein Liebespaar?«

»Irgendwie schon. Die beiden Gehilfen in Kafkas *Schloss*.«

»Zwei Schwule? Solche Beispiele darf ich hier nicht wählen, Schwule mögen die Russen nicht. Wo wird normale Liebe dargestellt? Keine tragische, keine grausame, sondern solche, von der jeder träumt. Liebe setzt sich gegen Widerstände durch und bleibt dabei rein, so etwas muss es doch geben?«

»*Das Erbeben von Chili*. Zwei, die dem Galgen entkommen.«

»Wieso gibt es in der Liebe eigentlich so viele Missverständnisse?«

»Der Mann kann viel gewinnen, die Frau kann viel verlieren, deshalb. Der Mann liebt die Liebe, die Frau liebt den Mann.«

Hannelore bestellte neuen Wodka. Ich erzählte ihr von einer besonderen Eigenschaft meines Gedächtnisses.

»Ich kann nicht vergessen, was ich höre. Auch meine eigenen Worte nicht. Kein Gespräch, keinen Zuruf, keine Frage einer Verkäuferin. Alles, was ich jemals gehört habe, ist für immer in meinem Kopf gespeichert.«

»Da kann man ja Angst bekommen.«

Ich bestellte neuen Wodka.

»Dann wieder fühle ich mich wie ein Honigdachs«, sagte ich.

Sie kannte den Honigdachs nicht.

»Der Honigdachs kann sich in seiner eigenen Haut drehen. Vorne scheißt er, hinten beißt er. Hungrig ist er immer, er verdaut, während er jagt. Seine Klauen sind grässlich scharf. Er kann seine Feinde mit Dünnpfiff bespritzen. Er greift an, was ihm vor die Schnauze kommt, auch Giftschlangen. Er liebt natürlich Honig und den, der ihm die Bienennester zeigt. Das ist der Honiganzeiger, ein Vogel in Afrika.«

»Typisch Mann«, sagte sie. »Wie sich der Honigdachs fühlt, hast du noch nicht erklärt. Aber was er alles kann, das weißt du.«

»Weil es schön ist, viel zu können.«

»Und Gefühle sind nicht schön?«

»Schöne Gefühle sind schön, Gefühle an sich sind nichts.«

»Warum jagt der Honigdachs so gern?«

»Was soll er sonst machen? Er kann nicht aufhören. Siege befriedigen ihn nicht.«

»Muss er siegen?«

»Er hat sich doch nicht selbst erschaffen. Er hat sich nicht zu dem gemacht, der er ist.«

»Einen Wodka vertrage ich noch«, sagte sie.

Wir bestellten die Rechnung.

Der Schneematsch war gefroren. Ich hielt mein Ohr an ein altes Holzhaus. Die Hufschläge der Pferde Dschingis Khans waren noch zu hören.

In der Stadtbibliothek gab es einen Lesesaal mit deutschen Büchern und Zeitungen. Die Bibliothekarinnen erhoben sich von ihren Stühlen und sprachen zu dritt im Chor: »Willkommen in unserer Stadt!«

»Wir haben nur selten deutsche Besucher«, sagte Tanja, die Leiterin. »Es wird sich schnell herumsprechen, dass wir einen deutschen Gast haben.«

Durch die hohen Fenster fiel weißes Licht in den Lesesaal.

Tanja bot mir Tee und Gebäck an. Sie meinte, ich müsse ein tapferer Mensch sein, denn die Stadt sei gefährlich für Ausländer. Ein Deutscher sei vor einigen Jahren versehentlich erschossen worden. Man habe ihn verwechselt, er hatte mit dem Rücken zum Schützen gesessen.

Dann erzählte sie von ihrer Datscha. Dort pflanze sie Kartoffeln an, ernte Äpfel. Sechzig Kilometer müsse sie mit dem Zug fahren, um die Kartoffel- und Äpfeleimer in die Stadt zu bringen.

Von ihrem Gehalt könne sie kaum ihre Miete bezahlen. Früher sei sie oft verreist, in den Altai, ans Schwarze Meer. Eine Reise in den Kaukasus habe sie immer für ihr Alter geplant, aber jetzt sei es dort zu unruhig.

Sie stellte mir den fleißigsten Leser des deutschen Lesesaals vor, einen Gefängniswärter. Der Mann reckte den Rücken, als er mir die Hand reichte. In knappen Sätzen zählte er auf, wie viele Bücher er in den letzten Jahren gelesen habe. Er zeigte mir seine Ausleihkarte. Deutsch habe er sich selbst beigebracht. Er bat mich, seine Aussprache zu korrigieren. Er sei froh und stolz, mit einem echten Deutschen zu sprechen.

Ich schlug ihm vor, mich als Gast zu einem Gesprächsabend ins Gefängnis einzuladen. »Kulturarbeit ist wichtig, Genosse!«

Er werde diesen Vorschlag seinem Vorgesetzten unterbreiten, sagte er.

Er schlug die Hacken zusammen und reichte mir die Hand.

Mit einer Zeitung setzte ich mich in die letzte Reihe. Bald kam eine Studentin und fragte, was das Wort »Snikers« auf Deutsch bedeute. Sie bedankte sich für meine Erklärung und kicherte dann mit ihrer Nachbarin.

Ich sah sie an der Garderobe wieder, nun wollten sie wissen, wie mir die Stadt gefalle und ob ich schon eine Disco besucht habe. Außerdem luden sie mich in ihre Seminargruppe ein, im Fach Landeskunde könne ich sicher interessante Auskünfte geben.

Eine Journalistin ließ in der Bibliothek anfragen, ob sie ein Porträt über mich in der Zeitung schreiben dürfe.

Sie würde gern die kritische Sicht eines Ausländers auf Russland schildern, meinte sie. Für die Russen sei es nützlich, ihre Fehler und Schwächen aufgezeigt zu bekommen.

»Unsere Straßen sind alle kaputt, haben Sie das bemerkt?«, fragte sie.

»Kaputte Straßen gibt es woanders auch«.

»Haben Sie warmes Wasser in Ihrer Wohnung? Wurden Sie schon von Verkäuferinnen betrogen? Hatten Sie Probleme mit der Miliz oder bei der polizeilichen Anmeldung? Was halten Sie vom Zustand der Toiletten in unseren Restaurants?«

Weiterhin wollte sie wissen, ob man in Deutschland noch Angst vor Russland habe.

Der Zeitungsartikel erschien, und es hieß dort, ich sei entsetzt über den Schmutz und Müll auf den Straßen, die Farben der meisten Häuser würden düster auf mich wirken, und die Verkäuferinnen seien unfreundlich, sie würden häufig versuchen, mich zu betrügen.

Tanja war empört, sie hatte bei der Übersetzung geholfen. Sie rief die Journalistin an. Die meinte, ich könne bei Gericht Klage gegen den Artikel einreichen, wie in jedem modernen Staat.

Svetlana weinte. Die Schminke lief ihr übers Gesicht.

»Du hast in der Zeitung überhaupt nicht erzählt, dass du wegen mir in die Stadt gekommen bist«, sagte sie. »Außerdem hast du mir meinen Brief bis heute nicht verziehen.«

Sie riss der Kellnerin die Speisekarte aus den Händen, reichte sie mir und sagte: »Essen und trinken will ich nichts.«

»Die Leute werden denken, dass du wegen mir weinst«, sagte ich.

»Ich will nicht weinen«, sagte sie, »aber ich muss«.

Sie trocknete ihre Augen, und ein paar Minuten lang weinte sie nicht. Dann weinte sie wieder.

Das Restaurant hieß *Bruderschaft*. Porträts von Mozart und Marx hingen an den Wänden. In der Speisekarte wurden *Steak Dicke Berta*, *Huhn à la Luftwaffe*, *Eva-Braun-Salat* und *Führer-Soße* angeboten.

Die Kellnerin erklärte, der vorherige Besitzer habe bekannte deutsche Namen für die Gerichte ausgesucht. Jeder wisse, wer Eva Braun gewesen sei.

»Ich kann ihnen die *Führer-Soße* empfehlen«, meinte sie.

Svetlana wollte nur *Eva-Braun-Salat* essen, ohne *Führer-Soße*.

Sie weinte bald nicht mehr, und auf dem Boulevard verabschiedeten wir uns.

An die Wolga spazierte ich oft. Das Mütterchen sprach zu mir: »Du zweifelnder Zwerg, koste von meinem Wasser. Wie schmecke ich?«

»Bitter und süß, nach Milch, Honig und Mandeln.«

»Das Salz schmeckst du nicht? Die Tränen? Rost und Gift schütten die Menschen mir in den Bauch, manche spucken mir ins Gesicht. Und dennoch fließe ich.«

An den Ufersteinen klebten Blutflecken, manche mit weißer Farbe umrandet, manche mit Jahreszahlen versehen, 1918, 1935, 1941, 1956.

Eine Brücke führte über den Fluss, die Pfeiler waren morsch, Rostfinger rankten aus dem Gestein.

Ein paar Freaks luden mich zu einer Party ein.

Sie hatten sich in einer Parterrewohnung versammelt. Einige tanzten mit freiem Oberkörper, andere lagen auf dem Boden. Jemand bot mir Gras zum Rauchen an.

Einer, den sie Gogol nannten, schenkte mir einen Regenschirm, damit ich in Russland immer im Trockenen bliebe. Alle klatschten nach seiner kurzen Rede.

Ein Man lag auf dem Bett, winkte und rief: »Meine Wohnung! Meine Freunde! Aus St. Petersburg!«

Gogol sagte leise, dieser werte Herr Oleg spreche manchmal tagelang kein Wort, während Besucher in seiner Wohnung nächtigten, die er nicht kannte.

Anlass der heutigen Feier: Olegs Freilassung. Er

war verhaftet worden, weil er auf einen städtischen Baum geklettert war. Die Miliz hatte den Baum umstellt, doch Oleg wollte nicht runterkommen.

Ziel der Aktion: Die Miliz von der Aufdeckung anderer Straftaten abhalten.

Ein Freund hatte alles fotografiert.

Die Milizionäre wollten Oleg zuerst ins *dur dom* einliefern, zu den anderen Verrückten. Er war eigentlich damit einverstanden, denn das Essen dort galt als ganz ordentlich. Außerdem wurde das Haus von einem Psychiater geleitet, der auch Jura-Studenten zum Praktikum einlud.

Auf die Frage, weshalb er auf den Baum geklettert sei, antwortete Oleg, er habe den Bienen den Honig stehlen wollen.

Der kleine und der große Artur setzten sich zu uns. Der kleine Artur war Fahrradverkäufer, der große Artur war Künstler. Der große Artur fragte, ob ich an LSD oder Pilzen interessiert sei. Er trank eine Flasche Bier in einem Zug leer. Dann rutschte er über den Boden, wie ein Fußballer beim Torjubel.

»Toll, was?« fragte er.

»Die neuen Russen sind anders, als ich dachte«, sagte ich.

Der große Artur zeigte Fotos.

»Wenn dir meine Fotos nicht gefallen, werde ich traurig«, sagte er.

Der kleine Artur flüsterte mir ins Ohr: »Der Schwiegervater hat ihm Arbeit in der Regierungspartei besorgt. Er gehört zur Künstlergruppe *Russland ist die Heimat der Elefanten*. Die Mammuts wanderten in den Süden, als es ihnen hier zu kalt wurde, dort verloren sie ihr Fell und wurden Elefanten.«

»Life is life«, schrie der große Artur.

In einer Ecke saßen drei Frauen, eine von ihnen guckte so unschuldig, als hätte sie noch nie jemandem widersprochen.

Der große Artur tanzte, der kleine Artur legte Schlips und Jackett ab. Der große Artur rollte sich im Kreis auf dem Boden, blieb vor meinen Füßen liegen und reichte mir einen Joint. Gogol zog mich ins Badezimmer. Er schloss die Tür, wir setzten uns auf den Wannenrand.

Er sei auf den Elbrus gestiegen, fünftausenddreihundert Meter hoch, um dort im Auftrag einer Computerfirma ein Spruchband zu befestigen, auf dem der Gouverneur der Korruption beschuldigt werde, erzählte er.

Er spielte ein Steppenlied auf der Mundharfe.

Bald wolle er sein Examen ablegen und sich als freier Rechtsanwalt niederlassen, sagte er. Als kultivierter Mensch müsse man sich entschuldigen, in Russland zu leben.

»In Russland gibt es keine Kultur«, sagte er.

Als er den Schuh hob, sah ich, dass die Sohlen durchgelaufen waren.

»Der Westen war schlau«, meinte er. »Der Westen produziert nicht mehr Waffen als wir, sondern bessere. Die Kosten für unsere Verteidigung wurden vom Westen genauer berechnet, als wir es gekonnt hätten. Je mehr Waffen wir produzierten, desto schwächer wurden wir.«

Er zog mich zu Oleg ans Bett.

»Gute Wohnung«, sagte ich.

Er nickte.

Gogol brachte Rotwein, aber ich sagte, wenn ich geraucht habe, trinke ich keinen Alkohol.

»Ausgezeichnet«, meinte er, »echte deutsche Disziplin!«

Er hob seinen Daumen, ballte die Fäuste.

Einmal sei er mit Zigeunern getrampt, erzählte er.

»Wir fuhren gemütlich auf der Autobahn, plötzlich zog einer der Typen eine Pistole aus der Tasche und hielt sie mir gegen die Schläfe. Er bot mir Kokain an. Nimm oder ich schieße. Ich sagte ihm: Von Kokain bekomme ich immer Allergien. Er lachte, und ich durfte aussteigen. Ich lief in den Wald, zwischen den Bäumen stand eine Tankstelle. Die Anlage war verrostet, eine Straße gab es nicht.«

Er schnipste seine Kippe Richtung Aschenbecher und traf.

»Wenn ein Russe von A nach B will, errichtet er erst einmal so viele Hindernisse wie möglich auf diesem Weg«, meinte er. »Denn es kann viel Schlechtes passieren, bevor er das Ziel erreicht! Und sollte er das Ziel erreichen, so wird er natürlich viele Neider haben. Also ist es oft besser, zu Hause im warmen Stübchen zu bleiben.«

Gogol stellte sich auf den Tisch und ließ sich den Regenschirm von mir geben.

»Unser Gast aus Deutschland möchte eine Rede halten«, sagte er.

Alle klatschten.

Statt einer Rede sagte ich ein Gedicht auf.

Alle klatschten wieder. Der kleine Artur legte dem großen Artur eine Decke auf den Bauch.

Vor meiner Wohnung wartete Svetlana. Sie hockte auf dem Boden, den Kopf auf den Knien. Sie trug die Stiefel.

Eine Woche lang habe sie mich gesucht, meinte sie.

»Ich war mit einem Freund auf dem Dorf«, sagte ich.

»Darf ich reinkommen? Ich werde nicht schreien.«

Sie kochte Tee, brachte ihn ins Zimmer und hockte sich wieder auf den Boden.

»Ich könnte alles für dich tun«, sagte sie. »Ich könnte für dich arbeiten.«

»Ich habe keine Arbeit für dich.«

»Ich kann vieles arbeiten.«

»Warum schminkst du dich so stark? Deine Fingernägel sind zu lang.«

»Soll ich sie abschneiden?«

»Vielleicht lachen dann die Leute weniger über dich.«

»Ich gehe nach Hause und schneide sie ab.«

»Ich könnte in dieser Zeit meinen Koffer packen«, antwortete ich.

Sie kam mit kurzen Fingernägeln zurück. Nagellack und Schminke hatte sie entfernt. Sie trug wieder Turnschuhe.

»Ich möchte dir die Stiefel zurückgeben«, sagte sie, »du kannst sie verkaufen.«

Sie hockte sich auf den Boden.

»Ich schenke sie dir«, sagte ich.

»Ich möchte mit dir in die Kirche gehen und etwas schwören«, sagte sie. »Ich bin ein gläubiger Mensch und werde nicht lügen.«

»Es ist so kalt draußen«, sagte ich. »Erzähle was du willst, ich höre dir zu.«

»Aber du glaubst mir nicht!«, rief sie. »Jetzt hast du einen schlechten Eindruck von Russland, wegen mir.«

Sie entschuldigte sich, weil sie geschrien hatte und weinte.

»Gut«, sagte ich, »gehen wir in die Kirche.«

In der Kirche setzten wir uns auf die Bank neben der Besenkammer, es war der einzige Sitzplatz.

»Morgen reise ich ab«, sagte ich.

»Ich liebe dich«, sagte sie. »Alles war mein Fehler.
Du warst immer gut zu mir.«

Sie weinte mir die Schulter nass.

»Meine Mutter bestellt dir Grüße«, sagte sie.

»Grüß sie auch.«

»Wirst du nicht wiederkommen?«

»Nein.«

»Darf ich dich morgen zum Zug bringen?«

»Nein«, sagte ich, »das möchte ich nicht.«

»Verzeihst du mir?«

»Natürlich.«

Auf dem Weg zur Wohnung kaufte ich ihr einen
Strauß Blumen. Sie weinte und sagte, noch nie im Leben habe sie ein schöneres Geschenk bekommen.

Lange konnte ich nicht schlafen. Die Bettdecke
wärmte kaum.

Kaum lag ich wieder in meiner Hängematte, rief die Kleine mich an. Der Kleine habe nach meiner Adresse gefragt und wolle mich besuchen.

Am gleichen Tag klingelte es an meiner Tür. Einige Jahre hatte ich ihn nicht gesehen.

»Besuch!«, schrie er noch auf dem Treppenabsatz. »Da staunst du, was? Darf ich reinkommen? Oder störe ich? Erkennst du mich? Hallo, dein Bruder, immer noch der Alte! Soll ich Leine ziehen, oder was? Bin extra hergekommen! Du bist dir wohl zu fein, mit mir zu sprechen? Na was, soll ich wieder gehen?«

»Komm rein«, sagte ich.

»Danke, danke, wie geht es dir? Du lebst also noch. Gesund, Familie? Keine Frau im Haus, was? Keine Gardinen an den Fenstern. Kann jemand reingucken?«

»Möchtest du Tee oder Kaffee?«

»Kaffee. Schöne Küche.«

»Und du«, fragte ich, »verheiratet?«

Er trug einen Schnauzbart und eine Brille, die wohl noch aus seiner Schulzeit stammte.

»Ich musste lange suchen, um dich zu finden! Unkraut vergeht nicht, was?«

»Doch, bei entsprechender Behandlung.«

Er lachte.

»Man merkt gleich, dass du nicht mehr im Dorf lebst. Redest ganz schön geschwollen.«

»Wie geht es deinen Eltern?«

»Mutti ist dick geworden, Vati geht es gut. Es sind übrigens auch deine Eltern. Grüße soll ich dir nicht bestellen.«

»Ich habe keine Grüße erwartet.«

»Bekomme ich etwas zu trinken, oder gibt es nur Kaffee?«

»Mineralwasser ist noch da.«

»Erinnerst du dich, wie wir früher in den Kaffeesatz schweinische Worte gemalt haben?«, fragte er. »Immer in die Tasse vom Alten.«

»Ich erinnere mich nicht«, sagte ich.

»Dann hast du es vergessen«, sagte er.

Er zündete sich eine Zigarette an. Ich stellte ihm einen Aschenbecher hin und rauchte ebenfalls.

»Du rauchst?«, fragte er. »Spielst du kein Fußball mehr? Trinkst du immer noch keinen Alkohol? Früher hast du keinen Alkohol getrunken. Erinnerst du dich?«

»Nein.«

»Warum bin ich gekommen?«, fragte er.

»Wahrscheinlich wolltest du mich sehen.«

»Und warum wollte ich dich sehen?«

»Aus Neugierde, aus Langeweile.«

»Oder? Ich wollte dich aus einem bestimmten Grund sehen. Lass mich erst ausreden. Meine Frau hat sich scheiden lassen. Was sagst du dazu?«

»Nichts sage ich. Es tut mir leid. Habt ihr Kinder?«

»Eine Tochter. Sag jetzt etwas.«

»Deine Frau hat sich scheiden lassen. Ja, warum denn? Warst du nicht gut zu ihr? Ich habe sie noch nie gesehen.«

»Das hoffe ich. Sie wollte dich nämlich besuchen. Ich habe es ihr nicht erlaubt. Wenn ich nicht mit dir spreche, soll sie auch nicht mit dir sprechen. Weißt du noch, wie wir Fische fangen wollten? Mit Pfeil und Bogen? Wir haben nie einen Fisch getroffen.«

»Ich erinnere mich.«

»Na siehst du. Jetzt habe ich eine Frage. Wie lange wohnst du in dieser Wohnung? Du hast keine Angst, dass dir jemand ins Fenster guckt? Mir dürfte keiner ins Fenster gucken.«

Er zündete sich eine neue Zigarette an.

»Von deinen Polizeispielen will ich reden. Deshalb bin ich gekommen.«

»Von welchen Polizeispielen?«

»Ich wusste, dass du alles abstreiten wirst. Die Polizeispiele! Herr Kommissar!«

»Kommissar?«

»Welchen Kommissar meine ich wohl?«

Er lachte, drehte seinen Kopf im Kreis, mal in die eine, mal in die andere Richtung.

»Ich rede von dir«, sagte er. »Alles vergessen? Es wundert mich nicht, dass du keine Kinder hast. Kochst du etwa selbst? Eier braten kann ich auch.«

»Kannst du langsam und der Reihe nach erklären, wovon du redest?«

»Schlafen verboten, so hieß doch dein Spiel.«

»Du redest über die Zeit, als wir zusammen in einem Zimmer schliefen?«

»Du warst vierzehn. Du hast mich mit dem Bademantelgürtel an den Stuhl gefesselt. Mit der Schreibtischlampe hast du mich geblendet. Du warst der Kommissar, ich sollte der Mörder sein. Wo waren Sie gestern Nacht? Es gibt Zeugen dafür, dass Sie nicht in ihrem Bett lagen. Wo waren Sie also? Ich sage es Ihnen. Sie waren im Keller dieses Hauses. Was suchten Sie im Keller? Wir fanden dort eine Leiche. Alles gelogen, ja?«

»Du redest vielleicht von Indianerspielen?«

»Junger Freund, Sie werden des Mordes verdächtigt! Deine Geschichten vom Kindergefängnis, erinnerst du dich? Das Kindergefängnis ist ein schwarzes Haus, die Erzieherinnen tragen schwarze Uniformen. Man wird dich dort viel härter schlagen als bei uns zu Hause. Das waren deine Worte.«

Er zog sein Notizbuch aus der Tasche, leckte Daumen und Zeigefinger, blätterte, malte ein Kreuz in eine Spalte, dann sang er: »Der Kommissar ist wieder da.«

»Die Schießübungen hätte ich fast vergessen auf meiner Rechnung«, sagte er.

»Welche Schießübungen?«

»Kugeln fangen. Das hast du auch vergessen, ja? Ich sollte auf den Silberstreifen gucken. Am liebsten hättest du mir den Gewehrlauf in den Mund gesteckt und abgedrückt.«

»Du verwechselst dich mit den jungen Katzen.«

Er drückte seine Zigarette aus, zündete sich gleich die nächste an, starrte auf seine Fingerspitzen.

»Du kannst dich wohl auch nicht daran erinnern, dass du dich aufhängen wolltest?«

»Mehrmals.«

»Gleich mehrmals? Du hast mir sogar den Strick gezeigt. In Kindergröße! Er war viel zu kurz. Du hast gesagt: Sie werden mir den Bauch aufschneiden und nachsehen, ob ich vergiftet wurde, obwohl ganz klar ist, dass ich mich erhängt habe. Erinnerst du dich?«

Er schlug sein Notizbuch wieder auf, schrieb etwas hinein.

»Weitere Fragen habe ich nicht. Du hast ja sowieso alles vergessen.«

Er stand auf und wusch sich im Waschbecken die Hände, trocknete sie am Geschirrtuch ab.

Es klingelte, er ging zur Tür.

»Ich komme schon!« rief er.

Er kam mit einer Frau in die Küche, sagte ihr, sie solle warten.

»Wir sind mitten beim Thema«, sagte er. »Mein Bruder streitet alles ab.«

»Ich hatte dir gleich gesagt, dass es keinen Zweck hat, mit ihm zu reden«, sagte sie. »Zehn Minuten warte ich noch im Auto, dann fahre ich los.«

»Die Reise hat sich gelohnt«, sagte er.

»Ich warte draußen«, sagte sie.

Sie ging wieder.

»Und wer war das?«, fragte ich.

»Sie hilft mir, alles zu verarbeiten. Über dich würde ich gern noch mehr erfahren. Wenn meine Frau dich mal besuchen sollte, schmeiß sie raus. Aber sie wird sowieso nicht kommen.«

Ich brachte ihn zur Tür. Wir reichten uns die Hand.

»Vielen Dank fürs Zuhören«, sagte er.

Auf der Treppe winkte er.

Ich merke schon, wer mir die ganze Zeit das Wort verdreht. Jemand, den ich gar nicht gerne sehe. Er fragt nicht, ob er mich besuchen darf. Mr. Schwarzfuß persönlich.

»Hallo, willkommen an Bord!«

Er kicherte und blies mir seinen Atem ins Gesicht. Ich erschrak nicht, das enttäuschte ihn.

Er stützte sein Kinn in die Hand und fragte: »Wie kommt es, dass Ihr nicht friert, wenn ich Feuer spucke? Ihr wehrt es ab, als wäre es Schnee.«

»Weil nur der brennt, der friert«, antwortete ich.

»Ein Schelm, der mich mit Weisheit locken will! Sei Er mein Gast!«

Er liebt theatralische Auftritte.

Er brachte Verständnis dafür auf, dass ich lediglich den Wein genoss, das Essen aber verschmähte, zu dem er mich einlud.

»Junger Mann, ich bin nicht ungebildet und nicht schlecht erzogen! Die Menschen laufen weg vor mir, nicht ich vor ihnen!«

»Ihr Anblick, mein Herr! Man kann schon erschrecken.«

»Mein Anblick, ich bitte Sie! Wer sonst soll so aussehen, wenn nicht ich? Soll ich meine Haare kürzen, meine Fingernägel schneiden? Soll ich Stiefeletten tragen? Soll ich die Ideen der Menschen studieren? Herr Professor Hegel! Erklären Sie uns, wo befindet sich die Vernunft?

›Sie ist der Gipfelpunkt der Geschichte.‹

›Aha, verstanden. Wie ordnen sich die starken Willenskräfte der Menschen ein, die alles zum Besten regeln?‹

›Das Bewusstsein hat auch einen Platz.‹

So, so. Und ich? Er vergisst mich einfach, Frechheit. Hallo, Herr Professor! Wie nennt Er sich? Mister? Lakai? Depp? Ich werde ihm in den Bauch boxen. Na? Er krümmt sich, gut so. Verstanden? Ich fehle! Ein sturer Kopf. Pah, ich habe Reklame nicht nötig.«

Wo traf ich ihn in zum ersten Mal? In Paris. Die Bauern rebellierten, die Arbeiter rebellierten, die Bürger rebellierten, der Adel rebellierte gegen die Rebellion, die Kirche gegen ihre Enteignung, der König rebellierte nicht mehr, und Mr. Schwarzfuß war äußerst vergnügt.

»Meine Damen und Herren, mündige Bürger im ewigen Frieden!«, sprach er mit silberner Stimme. »Sehr heiß hätte ich's bitte gern. Der Arsch soll mir brennen, mein Schwänzchen soll lodern. Ich liebe Raserei. Die Suppe, die ihr kocht, wird mir schmecken.«

»Sie glauben doch wirklich, sie könnten ohne mich leben«, sagte er damals. »Dieser Irrtum erfreut mich.«

Ich musste ihn manchmal auf dem Rücken tragen, er klagte über Gliederschwäche. Gerne besuchten wir die Wirtshäuser. Der rechte Ort für ihn, Streit anzustiften. Er liebte es, den Leuten falsche Worte in den Mund zu legen. Hauten sich zwei die Köpfe ein, führte er ein Tänzchen auf.

»Guck dir das an! Watsch, eine ans Kinn! Rums, eins auf den Nüschel! Das ist dir zu primitiv, was? Eingebildeter Schnösel!«

Manchmal fand ich seine Witze albern, seinen Humor altbacken.

Wieder an der Wolga. Ich erzählte Tanja in der Bibliothek, man habe in Paris einen Brief von Alexandre Dumas père gefunden, den dieser während seines Aufenthaltes hier in der Stadt geschrieben habe.

Dumas hatte demnach ursprünglich länger als drei Tage an der Wolga bleiben wollen, um einen Roman zu schreiben, *Die drei Musketiere im Kampf gegen die Kosaken*. Dieser Plan sei jedoch von der örtlichen Polizei verhindert worden, man habe ihm den Aufenthalt in der Stadt an der Wolga verwehrt und ihm keine Registrierungsurkunde ausgestellt.

Tanja rief eine Journalistin an und vereinbarte ein Treffen mit ihr.

Ich erzählte der Journalistin, ich hätte den Brief bereits aus dem Französischen übersetzt, ein Freund werde eine Übersetzung ins Russische anfertigen.

»Aber Dumas' Aufenthalt hier in unserer Stadt ist doch ausführlich erforscht worden?«, fragte sie.

»Vielleicht wollte Dumas über einen Roman, von dem nur der Plan existierte, nicht sprechen?«

»Bitte reden Sie mit keiner anderen Zeitung darüber.«

Ich versprach es. Sie telefonierte mit ihrem Redakteur. Ich übergab ihr den Brief.

»Mein lieber Pierre …!
Russland bleibt mir ein Land voller Rätsel! Zwar die Wolga in ihrer Schönheit vermag ich nur zu loben. Man nennt sie zu Recht das Mütterchen, aber es sind

verängstigte Kinder, die Schutz und Nahrung bei ihr suchen. (Der Fisch wird in einer grässlich eintönigen Weise zubereitet, aber darüber will ich nicht klagen – nicht jeder Gaumen ist französisch geschult.) Bedächtig und majestätisch treibt der Strom das Wasser gen Süden, doch weniger geduldig als die Natur zeigt sich die hiesige Polizei, in persona des Polizeimeisters Posnjak.

Du weißt, ich hatte die Absicht, längere Zeit in der Stadt zu verweilen, vielleicht gar einmal von hier aus das Landesinnere zu erkunden. Der Menschenschlag war mir gerühmt worden als pariserisch – dem schnellen Geschäft und dem eigenen Vorteil nicht abgeneigt, offen für die leichten Seiten des Lebens. Tatarenblut mischt sich mit russischer Schwermut, hitziges Temperament trifft man hier wohl häufiger als andernorts.

Vor allem die Frauen rühmte man schon wolgaaufwärts, lange bevor die Stadt sich am Horizont zeigte. Mit den Pariserinnen könnten sich die hiesigen Frauen durchaus messen, erzählten mir die Leute, die allerdings noch niemals in Paris gewesen sind. Tatsächlich vermag die Anmut und Schönheit der hiesigen Damen auch dem verwöhnten Manne noch Seufzer zu entlocken. (Einzig ihr Schuhwerk mutet wunderlich an, man trägt mit Vorliebe Stiefel mit langen Spitzen – wohl um sie im Streitfall dem Gatten in den Hintern zu stoßen!)

Doch ich kam nicht dazu, in nähere Bekanntschaft mit den Damen zu treten, denn die hiesige Polizeibehörde scheint die strengste in ganz Russland zu sein.

Schriftsteller sei der Herr, ein ausländischer gar, in Europa und in der Welt bekannt? Mit dieser Frage empfing mich der Polizeimeister nach Durchsicht meiner Papiere, die vielfach gestempelt und von höchster Autorität bestätigt waren. Der Mann lud mich fast im gleichen Atemzug zu einem privaten Essen in sein Haus ein, länger als zwei Tage dürfe ich in der Stadt jedoch nicht bleiben, meinte er. Man habe Vorschriften, und an diese habe man sich zu halten.

Ich sei Angehöriger einer befreundeten Nation, erwiderte ich, was er denn befürchte?

Er fürchte um meine Sicherheit, entgegnete er schmeichelnd, allerlei Gesindel treibe sich in der Stadt herum, er handle aus Verantwortung für meine Person.

Für meine Sicherheit könne ich durchaus selber sorgen, antwortete ich, ich vermöge den Degen zu führen. Eben dies wolle man vermeiden, entgegnete er.

Du wist mir nicht glauben, in welch einem Gebäude der Mann residiert – es ist an Düsternis kaum zu übertreffen! Das Regenwasser tropft durch die Decke, und der arme Mann hatte Mühe, meine Papiere vor den Wasserfluten zu retten. Anfangs verhandelte er mit mir durch ein schmales Fensterchen, das etwa in Höhe meines Bauches angebracht war. Es ist dies die natürliche Haltung, in der man hier einer Autorität gegenübertritt, insofern würde es die Verhandlung nur stören, wäre das Loch in der Wand etwas menschenfreundlicher platziert worden.

An meinen Papieren fand der Mann einiges zu kritisieren. Ein Siegel, das nur er hätte öffnen dürfen, sei aufgebrochen worden, und das Dokument habe damit seine Gültigkeit verloren, meinte er.

Du hättest seine treuherzigen Blicke sehen sollen! Ich erwartete schon, dass er gleich in Tränen ausbrechen würde über dieses Unglück, das ihn hindere, mir einen längeren Aufenthalt in der Stadt zu genehmigen.

Kurzum: Es war eine widerliche Verhandlung. Er erneuerte seine Einladung zu einem Essen in seinem

Hause, als Privatmann wäre es ihm eine Ehre, mich zu empfangen. Gar ein Geschenk (und hier lächelte er verschmitzt) wolle er mir überreichen. Es war, wie sich herausstellte, eine kaukasische Pistole! In der nächsten Stadt, flussabwärts, spätestens in Astrachan, könne ich diese Waffe sicher gut gebrauchen, denn je weiter ein Ausländer nach Süden vordringe, desto gieriger würden kriminelle Subjekte ihn verfolgen.

Ich verschwieg dem Manne, dass ich nicht gewillt war, seinem Wunsch Folge zu leisten und die Stadt tatsächlich bereits nach zwei Tagen zu verlassen – denn im Garten der Madame Adelaida Cerfie, einer Französin, die hier ein Geschäft für Damenhüte betreibt, hatte ich zahlreiche Bekanntschaften geschlossen. Die anwesenden Damen (ich werde sie Dir im nächsten Brief ausführlich schildern) überreichten mir als Geschenk die dreifarbige russische Flagge, wohl damit ich den kriminellen Subjekten im Süden nicht nur mit der Pistole, sondern auch als russischer Patriot gegenübertreten könne.

Ich werde also weiterreisen, doch es reizt mich noch immer, dieser Stadt ein literarisches Denkmal zu setzen und meine Musketiere gegen Kosaken kämpfen zu lassen – und gegen den Polizeimeister Posnjak! Dein Alexandre.«

Die Journalistin sagte, sie habe die im Brief genannten Fakten überprüft, Alexandre Dumas sei tatsächlich einem Polizeimeister Posnjak begegnet, die Madame Cerfie und ihr Hutgeschäft habe es ebenfalls gegeben, auch die russische Flagge und die kaukasische Pistole seien dem Dichter als Geschenke überreicht worden.

Die größte Zeitung der Stadt druckte den Brief. Berühmter Dumas-Forscher an der Wolga! lautete die Schlagzeile.

»Wir erwarten zwei Fernsehteams zu Ihrem ersten Vortrag!«, meinte Tanja. »Journalisten vom Radio werden Sie interviewen! Auch von den Zeitungen erwarten wir viele Vertreter!«

Sie begrüßte mich mit einem großen Blumenstrauß. Der Saal war bis zum letzten Platz gefüllt, sogar auf den Tischen saßen Zuhörer. Der kleine und der große Artur und Gogol waren gekommen, sie hatten ihre Künstlerfreunde mitgebracht. Zwei deutsche Firmen und das Kulturministerium hatten Vertreter geschickt.

Tanja sagte, ich sei in der Bibliothek schon als treuer Besucher bekannt, ich erteile Auskünfte über Deutschland, was viele Leser bestätigen könnten.

Sie hatte sich für meinen ersten Vortrag das Thema *Mentalitätsunterschiede zwischen Ostdeutschen und Westdeutschen* gewünscht. Sie war als Tochter eines Offiziers in einer Kaserne in Ostdeutschland aufgewachsen, und jetzt wolle sie etwas Neues erfahren.

Nach dem Ende des Vortrags erhob sich ein Besucher, er nickte mir zu, nickte zum Publikum und sagte: »Die Deutschen haben Humor. Das haben wir gehört. Ich möchte wissen, weshalb wird in Deutschland über Erich Maria Remarque nur noch in einer feindlichen und negativen Weise berichtet? Was sagen Sie dazu?«

Ich sagte, solche Berichte seien mir nicht bekannt.

»Wie ist Ihre Einstellung zu Erich Maria Remarque, diesem großen deutschen Schriftsteller?«, fragte er. »Ihre Einstellung ist ebenfalls negativ?«

Ich sagte, ich habe keine Einstellung zu Erich Maria Remarque.

»Sie bestätigen also ihre feindliche Einstellung zu Remarque?«

»Ich bestätige sie.«

»Der Außenminister der Bundesrepublik Deutschland reist jedes Jahr in viele Länder. Ich möchte von Ihnen wissen – könnte der Außenminister vielleicht auch der künftige Bundeskanzler sein? Über diese Frage liest man nichts in den deutschen Zeitungen.«

»Die deutschen Zeitungen verschweigen vieles, da haben Sie Recht.«

»Sie sagen, die deutschen Zeitungen werden vom Großkapital finanziert?«

»Ich glaube, deutsche Zeitungen werden durch Anzeigen finanziert.«

»In den ostdeutschen Ländern leben viele Guligans«, sagte er. »Was tut die deutsche Regierung gegen den Rechtsradikalismus? Verhalten sich die Deutschen gleichgültig gegenüber dem Rechtsradikalismus? Gibt es in ihrer Familie zum Beispiel solche Fälle?«

Ich sagte, in meiner Familie seien mir keine Fälle von Rechtsradikalismus bekannt.

Tanja tippte mit dem Zeigefinger an ihre Schläfe.

Ich fragte die Besucher, ob es noch weitere Fragen gäbe.

Tanja bedankte sich bei mir. Der Vortrag sei interessant und unterhaltsam gewesen. Man habe viel Neues über die Deutschen gelernt, vieles, was man noch nicht gewusst habe.

Später meinte sie, über den Mann solle ich mich nicht ärgern, er stelle immer viele Fragen, die nicht zum Thema passten. Lalajev, der Bellende, würde selbst gern Vorträge in der Bibliothek halten. Sogar bei Gericht habe er deswegen schon zweimal für sein Rederecht prozessiert.

Ich traf ihn auf der Treppe.

Er grinste.

»Sie werden diese Stadt verlassen«, sagte er.

Mit Margarita spazierte ich abends an die Wolga. An einem Eisloch sollte eine Party sein. Die Stadt wirkte wie verwunschen im Schnee. Wir suchten die Eisschwimmer.

Einer tanzte im Schnee, nur mit einer Badehose bekleidet. Eine Frau stieg die vereiste Treppe hinunter, auf der vorletzten Stufe rutschte sie aus. Sie hielt sich mit einer Hand am Geländer fest, schrie, sie rutschte ins Wasser, schwamm einige Meter hin und her. Dann kletterte sie ans Ufer, die Leute klatschten.

Ein Mann schubste seinen Hund die Treppe herunter und befahl ihm, ins Wasser zu springen. Einige Zuschauer protestierten, der Hund werde den Kälteschock nicht überleben. Der Hund kroch vorwärts, er winselte nach jedem Befehl seines Besitzers, er kroch zurück, er rutschte und näherte sich jaulend dem Eisloch. Die Leute schrien, schimpften mit dem Mann. Der Hund tauchte ins Wasser, er schwamm auf die andere Seite des Eislochs. Die Vorderpfoten bekam er auf den Eisrand, den Kopf, den halben Bauch, mehr nicht. Er rutschte wieder ins Wasser, krallte sich wieder mit den Vorderpfoten ins Eis. Die Leute schrien, jemand müsse den Hund retten, er werde erfrieren.

Zwei Männer standen in Badehosen an der Treppe, sie waren soeben erst im Wasser gewesen, sie riefen, sie könnten nicht schon wieder hineinsteigen. Eine Frau im Badeanzug weigerte sich, ins Wasser zu gehen, das sollte der Hundebesitzer ihrer Meinung nach selber tun. Margarita schlug vor, ich solle mich ausziehen und helfen.

»Tut mir leid«, sagte ich, »das ist mir zu kalt.«

Ein Luftkissenboot der Miliz näherte sich in einer Eisrinne, Schnee und Eisstücke wirbelten durch die Luft. Die Leute am Ufer riefen immer lauter.

Die Männer vom Luftkissenboot kamen nicht nah genug an das Eisloch heran. Der Hund versuchte immer noch, sich aufs Eis zu ziehen. Dann schaffte er es endlich, torkelnd lief er ans Ufer. Die Treppe herauf half ihm sein Besitzer.

Wieder schimpfen die Leute auf den Mann, er antwortete, es sei gesund für den Hund, im Eiswasser zu baden. Vom Milizboot rief jemand, er solle den Hund mit einer Decke wärmen.

»Nichts da!«, rief der Besitzer.

Er ging mit seinem Hund zum Auto, öffnete die Tür und ließ ihn hineinspringen.

Margarita weinte.

Wir rieben unsere Nasenspitzen aneinander. Die Ohren taten weh von der Kälte. Es war kurz vor Mitternacht. Ein Milizauto fuhr hinter uns her, als wird den Boulevard entlangliefen.

Am nächsten Tag bekam ich Besuch vom Innenministerium. Zwei Offiziere und eine Sekretärin klingelten an meiner Wohnungstür.

Sie fragten, ob sie eintreten dürften. Sie seien ohnehin dazu berechtigt. Sie wollten meine Dokumente sehen.

Einer der Offizier sagte: »Sie sind in Tomsk registriert. Weshalb leben Sie hier an der Wolga? Weshalb haben Sie sich bei uns nicht registrieren lassen?«

Ich sagte, die Meldestelle in Tomsk hätte mir die Auskunft erteilt, dass ich mich in jeder russischen

Stadt aufhalten könne, da mein Visum für ganz Russland gültig sei.

»Kommen Sie morgen in die Meldestelle«, sagte er. Dort fertigte eine Frau ein Protokoll an.

»Wen haben Sie in den vergangenen Tagen getroffen?«, fragte sie. »Wann und in wessen Begleitung haben Sie die Stadt verlassen? Welche Verkehrsmittel haben Sie benutzt, Auto, Zug oder Bus? Welche Fahrkarten können Sie vorlegen?«

Ich weigerte mich, diese Fragen zu beantworten.

»Wo haben Sie übernachtet? Wen kennen Sie hier? Haben Sie Freunde oder Verwandte? Arbeiten Sie hier?«

Zwei Stunden dauerte die Befragung. Dann wurde mir der Entschluss des hohen Gerichts mitgeteilt: Ich solle eine Firma finden, die bereit sei, für mich die Verantwortung zu übernehmen. Freier Geschäftsmann, das genüge nicht. Jemand müsse ständig meinen Aufenthaltsort kennen und für mich bürgen.

Tanja lud mich zum Tee ein. Sie wollte helfen. Sie telefonierte einige Male, dann meinte sie, vielleicht könne das Kulturministerium die Verantwortung für mich übernehmen.

»Sie sind doch unser Gast«, sagte sie.

Bald darauf erhielt sie die Nachricht, dass der Kulturminister den Ratschlag erteile, der ausländische Gast solle in der Bibliothek weitere Vorträge über Deutschland halten, somit hätte man einen Arbeitsnachweis für ihn, und er könne bei der Meldestelle seine Registrierung beantragen.

Tanja stellte mich ihren Mitarbeiterinnen gleich als neuen Kollegen vor.

Sie erklärte mir, dass die Bibliothek einen Plan zu erfüllen habe, eine bestimmte Anzahl von Besuchern und ausgeliehenen Büchern im Monat müsse unbedingt erreicht werden.

»Unsere jungen Leser interessieren sich für das Leben der Jugend in Deutschland«, sagte Tanja. »Frauenrechte sind nicht aktuell. Wir werden Journalisten einladen, damit sie über Ihre Vorträge berichten, denn es passiert nicht häufig, dass ein Ausländer in unserer Bibliothek Vorträge hält.«

Tanja begleitete mich ins Innenministerium. Sie brachte einen persönlichen Brief des Kulturministers mit. Der Minister äußerte die Bitte, meiner Bitte um Registrierung stattzugeben. Er zählte meine Verdienste auf, mein Engagement für die deutsch-russische Freundschaft. Das Kulturministerium sei bereit, die Verantwortung für mich zu übernehmen.

Herr Iwanow sah sich die Papiere an. Jede Seite studierte er mehrere Minuten lang. Gleichzeitig zupfte er seine Haare an den Ellenbogen. Mit Daumen und Zeigefinger riss er sich einzelne Haare aus, ließ sie neben sich zu Boden fallen.

Den Brief des Kulturministers legte er beiseite, ohne ihn zu lesen.

Dann las er alle Dokumente noch einmal. Dann klemmte er an jedes Dokument eine Büroklammer.

»Wir kommen heute zu keiner Entscheidung«, erklärte er. »Weitere Dokumente sind nötig. Die Vermieterin muss einen Antrag schreiben, ob sie die Wohnung vermieten darf. Die Einladung des Kulturministeriums ist ungültig.«

Er guckte nicht mich an, sondern nur Tanja. Er riss sich weiter seine Härchen aus.

Ich verwies auf meine Einladung, auf den dort vermerkten Aufenthaltsort, der vom Außenministerium bestätigt worden war.

»Hier ist nicht das Außenministerium«, sagte er und guckte aus dem Fenster.

»Das Außen- und das Innenministeriums handeln also nach unterschiedlichen Gesetzen?«

»Wir wollen nur Ihre Registrierung erlauben.«

Zum nächsten Termin brachten wir alle gewünschten Papiere mit.

Herr Ivanov legte den Brief des Kulturministers wieder beiseite.

»Immer noch falsche Einladung«, sagte er. »Warum sind Sie hier? Keine Erklärung dafür. Arbeiten Sie hier? Beweisen Sie das. Sie sind schon viel zu lange hier.«

Wieder guckte er aus dem Fenster.

Ich legte ihm drei Zeitungsberichte über den Dumas-Brief auf den Tisch.

»Hier ist mein Arbeitsnachweis«, sagte ich. »Ich forsche über den Aufenthalt Alexandre Dumas' in Russland.«

Er guckte mich zum ersten Mal an.

Er blätterte in den Artikeln und sagte: »Nachweis erkenne ich an. Wir brauchen korrekte Einladung. Versuchen Sie dieses Problem zu lösen! Wir haben lange genug geholfen.«

»Wir können von einem Rechtsanwalt ein Gutachten erstellen lassen, dann wird man wissen, welches Gesetz gültig ist«, sagte Tanja.

»Der Rechtsanwalt soll auch korrekte Einladung bringen«, antwortete Herr Ivanov.

Tanja teilte dann die Entscheidung des Registrierungsbüros mit. Mein Antrag wurde abgelehnt. Zum

Verlassen der Stadt hatte ich drei Tage Zeit. Die Chefin des Herrn Ivanov habe meine Dokumente zerrissen, hieß es.

Mr. Schwarzfuß kicherte.

»Schluss mit der Freundschaft, mitkommen!«

In solch einem Ton hatte er bisher nicht mit mir gesprochen.

»Warum jetzt? Und wohin?«

»Schwächling, Karrierist«, blaffte er mich an.

»Karrierist in der Hängematte? Verwechselt Er mich? Werden Eure Augen trübe?«

»Versager. Schlecht hast du deine Zeit genutzt. Was hätte aus dir werden können! Allein es fehlt dir an Willenskraft. Die Zwinge wird dir tief in den Hals schneiden, du wirst noch bereuen.«

Ich liebe diese Vorhersagen, sie erinnern mich ans Atmen.

»Ich habe in mehreren Disziplinen geglänzt. Ich habe Medaillen im Laufen, im Bockspringen und beim Bogenschießen gewonnen. Ich wurde als vorbildlicher Fußgänger und als vorbildlicher Sammler von alten Dokumenten ausgezeichnet, auch als Blutspender. Außerdem habe ich einen Preis als Casanova bekommen. Welche Lorbeeren fehlen? Ein Fernsehpreis für den schnellsten Wodkatrinker?«

»Ich sehe alles. Ich höre alles.«

»Oh weh, nicht diese Worte.«

Er blies die Wangen auf und pfiff, die Türen öffneten sich, er trug mich fort.

»Auf zu Kronos!«, rief er, während ich kaum Zeit hatte, nach einer Jacke zu greifen.

Er brüllte gegen den Wind an.

»Das Publikum will es so! Ich wasche meine Hände in Unschuld! Jetzt nicht kneifen!«

Nach kurzer Strecke war er selbst erschöpft, wir rasteten auf einem Kirchturmdach.

Er zog ein Fläschchen aus der Tasche.

»Schlachten sie ihre Kinder noch immer unter der Dorfeiche?«, fragte ich. »Wird Kronos geehrt und geachtet?«

»Dieses Dorf ist wie jedes andere, das weißt du ganz gut. Kronos hat seine Verdienste, das will man nicht leugnen. Auch ihm sind die Bürgerrechte verliehen worden. Er bezichtigt dich übrigens der üblen Nachrede und hat ein Gericht gefunden, das bereit ist, seine Klage anzunehmen. Du hast ihn beleidigt. Ich habe die Anklageschrift nicht mitgenommen, sie war mir zu schwer.«

»Womit hat er dich bestochen?«

»Der Kampf zwischen euch ist mir Lohn genug. Wir erwarten zahlendes Publikum, auch allerlei Prominenz.«

Ich rutschte beinahe vom Dach.

»Wir leben in einem Staat des Rechts, Verehrtester! Kronos will dich im Kerker sehen. Du weißt doch: eine Strafe abbrummen.«

»Warum ich?«

»Du bist der Begabteste.«

»Der Kinderfresser verspeist Kinder – und ich werde im Namen des Volkes der üblen Nachrede angeklagt?«

»Ja doch, was soll die Frage? Du hast dreißig Jahre

Zeit gehabt, die Rechtsverhältnisse zu studieren.«

»Kronos kann sich auf seinen Namen berufen, er handelt eben in allen Epochen gleich.«

»Man wird sehen. Fakt ist, du hast seine Ehre verletzt.«

»Ich ekle mich vor ihm. Ich hatte ihn längst vergessen.«

»Das ist allgemein bekannt, jedoch aus juristischer Sicht nicht von Belang. Vor Gericht zählen ausschließlich Fakten. Jeder hat das Recht, Klage zu erheben, auch ein Mörder. Der Anwalt kennt die Paragrafen, er wird Märchen vorlesen, in denen der Wurzelzwerg als Held in goldener Rüstung gefeiert wird. Der Wurzelzwerg arbeitet nicht nur freiwillig und unentgeltlich für die Dorfgemeinschaft, er gärtnert auch im Park und reinigt den Springbrunnen, damit noch mehr Besucher in das schöne Dorf kommen.«

»Wer sagt als Zeuge gegen mich aus?«

»Er wird jemanden finden, dem er die Zunge verdrehen kann.«

Ich soll also den Wurzelzwerg noch einmal sehen. Er sagt über sich: »Wenn jemand auf dieser Welt ein reines Gewissen hat, dann bin ich das!«

Ein reines Gewissen kann nur ein skrupelloser Mensch haben, denn ein Gewissen ist ja dafür da, belastet zu werden. Der arme Mann merkt nicht, was er da sagt.

Er sagt am Kaffeetisch: »Muttermördern müsste man die Haut in Streifen schneiden.«

Niemand redete über Muttermörder, er aber legt dar, wie man solche bestrafen soll. In anderen Familien spricht man am Kaffeetisch über Karnickel oder über das schönste Ferienerlebnis.

Von nun an müsste ich über die Zukunft sprechen, aber man würde mir nicht glauben. Deshalb noch einige Erklärungen zu meiner Vergangenheit.

Als Wanderprediger kam ich zum ersten Mal auf die Welt. Ich schlief unter Frankreichs und Spaniens Himmeln, in Distelfeldern und unter Dornensträuchern. Eines Tages begab ich mich in ein Eremitenkloster. Wir lebten in Frieden. Die Nachrichten über Brände und Seuchen erreichten uns natürlich. Grafen und Söldner mieden unsere Gegend, sie galt als arm und schmutzig, und wir taten einiges dafür, diesen Ruf zu erhalten. Die Landbevölkerung war fügsam und lieferte pünktlich, der Weinkeller war gefüllt, die Bibliothek reich bestückt, an nichts herrschte Mangel. Die Geißelungen fanden oft mehrere Tage hintereinander statt, in Liebe zu Christus. Die Mägde wurden ab einem bestimmten Alter in ihre Dörfer zurückgeschickt.

Ich war froh, nicht viel von den Vorgängen in der Welt zu wissen. Friedlich entschlief ich in hohem Alter in den Armen des Priors.

Napoleon hat mir, dem Grenadier, die Wange gestreichelt, weil ich mich rasiert hatte auf der Flucht über die Beresina, während die meisten Soldaten schrien und weinten und sich von Pferdehufen zertrampeln ließen.

Ich war ein Kaiserattentäter, zwei Polizisten erschoss ich bei meiner Festnahme. Der Tod der Familienväter wurde mir vorgeworfen, ich antwortete, man hätte Junggesellen schicken sollen – eine Meinung, die ich noch heute vertrete.

Neunzehnhundertsiebzehn, in St. Petersburg, hütete ich den Champagnerkeller, den die ruhmreichen Revolutionäre nach den Schüssen der *Aurora* erstürmt hatten, noch bevor sie die Minister verhafteten. Ich trank natürlich mit, ich gehörte schließlich zum Proletariat.

Ich trug die Uniform der Weißgardisten und der Rotgardisten, hauste in der komunalka und im Zelt, wechselte die Papiere, spießte einem Grafen das Bajonett in den Bauch, schnitt einem roten Bruder die Kehle durch, trank beste französische Weine, badete mit der Frau Gräfin in einem Zuber, brachte armen Bauernjungen das Alphabet bei, studierte die Lehre der neuen Brüderlichkeit.

Laut Gesetz war es verboten, vor einem Geschäft eine Warteschlange zu bilden. Wir sammelten die Leute ein, die es gewagt hatten, sich aus Not oder Gier vor einen Brotladen zu stellen, luden sie auf Lastwagen, fuhren sie zwanzig, dreißig Kilometer vor die Stadt. Wozu? Damit sie etwas lernten.

Ich höre noch die Schreie der zumeist blinden Markterzähler, die wir in Scheunen gesperrt und verbrannt haben. Der Genosse Stalin hatte sie zum Unionstreffen eingeladen. Sie glaubten, es werde der beste Erzähler des weiten Sowjetreichs gekürt.

Meine Bewunderung galt damals einem spanischen Offizier, Mitglied einer republikanischen Delegation, die gekommen war, dem sowjetischen Volk für die Unterstützung in ihrem Freiheitskampf gegen General Franco zu danken. Als wir mit dem üblichen, nicht enden wollenden Beifall auch den Genossen Stalin begrüßten, der zwar nicht persönlich anwesend war, aber doch unter uns weilte, blieb der spanische Offizier einfach sitzen, auch klatschte er nicht. Zunächst glaubten wir an einen Irrtum, auch die Spanier. Vielleicht hatte der Mann den Namen Stalin überhört? Einige Spanier fassten ihn an den Schultern, um ihm aufzuhelfen. Doch er wehrte sich und blieb sitzen. Wir klatschten lauter und stärker, gar Hilferufe, die an den Genossen Stalin gerichtet waren, ertönten. Eine Genossin rief: »Man muss ihn retten, dieses Engelsgesicht!« Schließlich rannten wir alle aus dem Saal, denn niemand von uns wollte die gleiche Luft atmen wie der Verräter.

Nadel und Faden genügten, um den Kapitalismus zu erklären. Strohhalm, Kohle und Bohne. Armut ist nicht schön, alle wollen reich sein. Weil nicht alle reich sein können, sollen alle etwas weniger reich sein. Weil die meisten wollen, dass alle lieber etwas weniger reich sind, als viele sehr arm, wird es so kommen, wie ich es euch sage. Doch der Strohhalm verbrannte, die Kohle erlosch und die Bohne platzte. Das Eismeer wurde besiedelt und Zitronenbäumchen bei Moskau gepflanzt. Selbst der Wüstensturm heulte die *Internationale*.

Zwerge leiteten den Geheimdienst, Erschießungen fanden im Sinne der Planerfüllung statt. Die Weißen träumten von der Freiheit, die Roten von der Gleichheit, und viele mussten krrr krrr gemacht werden.

Ich höre das Knirschen noch, mit dem ein Gewehrkolben die Schädeldecke spaltet. Plumps, fällt sie in den Schnee, die ungewaschene Fratze. Adelsknecht.

Der Winter. Die Hände an einer Kerze wärmen.

Die Füße mit Lappen umwickeln. Essen: Kohlsuppe, Brot, Kartoffeln, Milch. Abends Dünnbier, also Plörre. Nebenan die Kühe. Monatelang dieses Dasitzen, mit der Fußspitze auf den Boden wippen, schlafen, essen, rülpsen. Einer kratzt sich den Grind von der Stirn. Ein anderer hat Muschelfinger. Es knirscht jedes Mal, wenn er nach seinem Dünnbiertopf greift. Wäsche dampft, an irgendwelchen Brüsten nuckelt immer ein Kind.

Vor dreißig Jahren fuhr ich noch mit einem Eselskarren in die Schule. Mein Großvater spitzte die Egge, wir rodeten den Wald, ich hackte Holz. Ich lernte, wie man ein Huhn schlachtet und wie man es austropfen lässt. Wir schmierten die Stiefel mit Bärenfett ein, und am Sonntag gab es Kuchenbrötchen zum Frühstück.

In der Schule wurde gelehrt, das Ziel der menschlichen Entwicklung sei bald erreicht. Zunächst müssten aber alle Staatsfeinde beseitigt werden. In meinen Ohren klang Staatsfeind wie Stachelrochen.

Jana: Diese Nacht in Ostberlin hatte Qualität. Letzter Tag des Semesters, wir saßen in einer Kneipe Unter den Linden. Die Männer tranken Bier, die Frauen nippten Fassbrause.

Theologen unter sich. Sein oder Bewusstsein war nur eine marginale Frage – damit quälten sich die »Marxisten« ab. Wenn überhaupt, wurde sie sexual-analytisch erörtert. Selbst Hegel hatte mehrere Arten von Bewusstsein anerkannt. Aber die Vereinfacher von Staats wegen legten die Schraubzwinge an: Sein *oder* Bewusstsein. Für dieses Verhältnis stellten sie die Machtfrage, als sei das Bestimmen-Wollen die einzige zulässige Eigenschaft.

Jana hätte in jede Kunsthochschule gepasst, aber nicht in ein Theologie-Seminar. Dafür war sie schon falsch gekleidet. Ästhetisch gesehen war ihr Spiel mit dem eigenen Körper ein Widerspruch an sich. Einerseits trug sie keine Blusen, und zwar, wie mir schien, weil man an der Zahl der geöffneten Knöpfe ihre Schambereitschaft gesehen hätte. Andererseits trug sie Pullover und T-Shirts, die niemals Falten warfen, so dass auch nichts von Janas Pracht verborgen blieb.

Zu ihrer Stimme passte das Wort *Zwischentöne*. Töne also, die in einer freundlichen Weise anregend klingen, ohne revolutionär zu wirken. Ästhetisch ge-hört war sie eine Opportunistin. Doch ohne die Zwi-schentöne wären die anderen Solisten in den Proben oftmals eingeschlafen.

Unser beider Interesse galt der christlichen Mystik. Wir zählten uns nicht zur großen Fraktion derer, die Theologie mit dem Feindbild des Staates im Nacken studierten, sondern tatsächlich aus Liebhaberei und Snobismus.

Und noch etwas Privates verband uns: Beide waren wir ohne Väter aufgewachsen. Sie hatte ihren nicht gekannt, ich hatte meinen – totgeschlagen. Ich soll es getan haben, kann mich aber an die Tat nicht erinnern. Angeblich soll ich meine Mutter geschützt haben wollen.

Ich kam jedenfalls ins Heim, das Abitur holte ich an der Abendschule nach. In der Armee steckte man mich in ein Sonderkommando, will sagen, in ein Strafbataillon. Man grenzte sich offiziell von den Nazis ab, wir nannten unsere Baracke aber »Theresienstadt«, schon aus Zynismus uns selbst gegenüber.

Denn wie sich nach und nach herausstellte, waren wir alle schräge Vögel, Ehemalige aus den Heimen, aber auch Pastorensöhne, Siebenten-Tags-Adventisten, Neuapostolische, außerdem körperlich Versehrte, Einäugige und Zuckerkranke. »Karawane des Gebrechens« nannten wir letztere Gruppe. Auch den Sohn eines Fremdenlegionärs gab es. Wir waren die, die nicht ins sozialistische Menschenbild passten.

An jenem letzten Semestertag riskierte ich es, Jana einzuladen. Sie war stocknüchtern, ich fühlte mich wie ein Tanzbär an der Kette.

Noch vor meiner Wohnungstür sagte sie, dass sie nicht mit zu mir kommen werde.

Nach einem kurzen Filmriss stand ich nackt vor ihr, während sie noch ihren Rock trug und mich drehte. Man muss wissen, dass Jana aktive Volleyballerin war, sie hatte Schlagkraft, und ich war ein mittlerer Hämpfling.

Statt den Moment zu genießen, setzte ich mich aufs Bett. Jana vergewaltigte mich nicht, aber sagen wir, es war nahe bei. Dass sie gerade ihren Freund betrog, schien ihr nichts auszumachen.

Und, typisch Jana, mittendrin hörte sie auf, um mit mir über Mechthild von Hackeborn zu diskutieren.

»Welchen Zorn willst du abwenden?«, fragte ich.

»Du kommst doch aus dieser Gegend«, mit diesem Argument lockte sie mich.

Über die Heimat im Allgemeinen und im Speziellen wollte ich mit ihr nicht sprechen.

»Soweit alles in Ordnung?«, fragte ich.

Ihre Knopfaugen leuchteten, aber sie schwieg. Je länger sie nichts sagte, desto weiter öffnete sich die Falle.

Beide hatten wir einige Kommissionen ausgetrickst, um einen Studienplatz zu ergattern. Wir standen ja unter Generalverdacht mit diesem Studium, wurden fast als Dreiviertel-Schädlinge angesehen. In »Theresienstadt« hatte ein Offizier die *Heilige Schrift* auf den Boden geworfen und auf ihr herumgetrampelt, denn das Buch galt in sozialistischen Kasernen als »Wehrkraft zersetzend«.

Ich war erst in dieser Baracke auf die Idee gekommen, Theologie zu studieren. Wie dumm, die Sanften, die Harten und die Schwachen zusammenzusperren, die Bibelverse Murmelnden mit Schwerverbrechern.

Wir ließen uns nicht einschüchtern, sondern bekehren; die Kirchlichen siegten, nicht die Muskulösen. Selbst die stumpfsinnigsten Bauernlümmel ließen sich gern mit Weihwasser bespritzen, an jesuitischen wie an Weltuntergangsfeiertagen, schaden konnte es ja nicht. Einer von uns war Schäfer und ein begnadeter Hypnotiseur, so dass manche Stubenkontrolle für den Wachhabenden im Tiefschlaf endete und die Gebete in aller Stille verrichtet werden konnten.

Mich hatte ein neuapostolischer Pharisäer unter seine Fittiche genommen. Er schimpfte auf seine Kirche, die er gleich nach der Armeezeit verlassen wollte, was er dann auch tat. Ich musste mir mit ihm zusammen einen Gottesdienst ansehen, dann begriff ich, was ihn so abstieß – die Heuchelei in der hohlen Moral, das Unzufrieden-Überwacherische, die Abtötung jeder Lust und nicht zuletzt das versteckt Deutsch-Nationale. Tatsächlich haben sich die Neuapostolischen mit den Braunhemden ganz gut verstanden. Außerdem ist die Titelsucht natürlich peinlich, Apostel und Stammapostel in einer Kirche, die kaum mehr als hundert Jahre alt ist.

Jana spielte Spielchen, die ich nicht kannte. Ihre Handgriffe waren klug und ordinär, nicht tollpatschig und Gott sei Dank nicht »einfühlsam«. Erotische Ausstrahlung entsteht ja aus Widersprüchen, wie jedes Kind weiß. Wer so sein will, wie er wirkt, wird für immer ein Tropf bleiben.

Jana maskierte sich als Unschuld, als Mauerblümchen. Ihre Buddha-Wangen glänzten. Sie experimentierte mit mir, augenscheinlich zufrieden mit meinen Reaktionen. Ein Potenztest der besonderen Art, garniert mit metaphysischen Fragen.

Wir brauchten nicht auszusprechen, wie reich wir uns fühlten. Der Schatz war die Zeit, die uns gehörte, das dreißigste Jahr schien eine Ewigkeit entfernt.

Dass auf den Straßen das Proletariat gesiegt hatte, störte uns nicht. Der Staat war nur eine Marionette seiner selbst, Stumpfsinn und Schwachsinn hatten sich die Hauptrollen geteilt. Sie hatten allen Ernstes Schriften von Georg Lukacs in den Giftschrank verbannt! Sogar eine französischsprachige Biographie über Picasso war nur mit Sondergenehmigung zu kriegen. Sie hatten noch immer Angst vor Sigmund Freud, vor Dostojevskij! Am 1. Mai drehte sich aber der Erdball, und alle Völker waren vereinigt. Sogar die Eskimos schwenkten auf ihren Eisbänken rote Fähnchen.

Bei Jana hatte die Rotlichtbestrahlung keinen Erfolg, weil ihr Geschlecht sich fast auf Vater Abraham zurückverfolgen ließ, sprich, sie aus Generationen von Pfarrersfamilien entstammte.

Meine Götzen hießen Hiob und Dostojevskij. Hiob akzeptierte ich als Beispiel dafür, dass es schlimmere Schicksale als meins geben kann. (Kaum zu Bewusstsein erwacht, schon den Vater erschlagen, wie kann das sein? Welcher Teufel ritt mich? Ich kam doch aus dem Schwefelland.)

Beim Lesen der Romane von Fjodor Dostojevskij hatte ich das Gefühl, all dies schon einmal erlebt zu haben, mit Ausnahme vielleicht der *Krokodil*-Geschichte. Aber die Art und Weise, wie die Figuren sich belauerten, wie sie einander misstrauten und sentimental nach Liebe lechzten und im Streit um Gott die Messer zückten und vor Obrigkeiten buckelten – das kam mir bekannt vor, wenn auch in etwas anderer Kostümierung.

Zwar liebte man im Hegelschen Schmalland keine Verkleidungen. Hier wohnten überwiegend Heiden, die das Tanzen verlernt hatten, aber dem Ewigmenschlichen konnten auch sie sich nicht entziehen. Die intriganten Naturen setzten sich am Ende durch. Die Trägen wurden Verwalter (Parteisekretäre), die Suizidalen engagierten sich »in den Strukturen«, die Verführbaren ließen sich ablenken oder kaufen.

»Könntest du, wie Raskolnikov, töten?«, fragte Jana.

Ich war beinahe wieder nüchtern, aber auf diese Frage nicht vorbereitet. Aus der Nachbarwohnung war Streit zu hören, das passte. (Eine keifende Frauenstimme, ein Mann mit Seemannsbass, zwei Kinder, offenbar in der Pubertät. Schepperndes Geschirr.)

Raskolnikov hatte kalkuliert gemordet, ich als Siebenjähriger, welch fundamentaler Unterschied in Bezug auf die Bewertung der Tat, nicht in Bezug auf die möglichen seelischen Folgen!

Der Stein im Nacken drückte.